Christian Mauck / Se-Laika

(Catoblepas)

(Erzählungen)

Bibliographische Information der Deutschen Nationalbibliothek

Die Deutsche Nationalbibliothek verzeichnet diese Publikation in der Deutschen Nationalbibliographie; detaillierte bibliographische Daten sind im Internet über http://dnb.d-nb.de abrufbar.

Zweite, korrigierte Auflage

Juni 2009

© 2009 Christian Mauck

Herstellung und Verlag : Books on Demand GmbH, Norderstedt

Design des Frontcover-Motivs : Frauke Brenner

ISBN 978-3-8370-9612-5

Die folgenden Erzählungen sind rein fiktiv. Sie beziehen sich weder auf reale Begebenheiten und Vorfälle, noch auf reale Personen oder deren Handlungen.

Die Straßen der Attrappen-Stadt,
wie wir (ich) einher gewandelt in die jetzige
etwaige Anordnung schmeckender Modernitä-
ten
Glaspagoden, obduzierte Wirbelsäulen, ver-
zierte Beichten

Meine Mutter schüttet erfrorene Raben auf
meinem Tisch aus und außen am Fenster sah
ich an der Hauswand nebenan die Schatten
der Hunde und schwarzen Vögel, die mich be-
gehrlich jagten um sich an meinem Kinderhirn
zu delektieren. Dann verschluckte ich mich, da
es nichts Besseres zu tun gab, spontan an den
Schatten, die die Garagenblöcke in das Ve-
xierbild der Straße warfen...

(St. Perdra)

Ich stand auf;

Ich stand auf aus der öligen Heimat, die mir zu
Zeiten des Aneinanderschlagens meiner roten
Hände ein leichtes Lied zu meiner Stirn hin-
über weht.

Ich erinnere mich: Den großen polytheis-
tischen Göttern hatten wir allesamt die Kehlen
durchgeschnitten; ein großartiger Sommer fiel
uns in die Rücken hinein und an meiner Statt
hatte sich der nächste Junge in den Staub hinunter geworfen. Wir waren besinnungslos; wir
trugen ihn über den lancettengespitzten Vogel-
bug. Dass er am Dreck seiner Schuhe sterben
werde, schrie der Junge und bäumte sich zwischen den Schreien, durch den Atem betäubter
Prophezeiungen heiserer Offiziere, auf. Als ich
zu seinen Füßen hinsah, fiel mir auf, dass sie
tatsächlich auffällig verdreckt waren, aber
nichts Unheilbares. Aufgrund dreckiger Schuhe zu sterben ist auch nicht schlimmer, als es
aus einem anderen Grund zu tun, dachte ich,

dieser Junge hat einfach das Problem an dem Schmutz der Welt zu verfaulen. Er warf sich seitwärts auf das Holz, so dass ein deutlicher, und, über Allem, veritabler Ton entstand; ein Körper also, denke ich, der weiß, was Fallen bedeutet und was es für uns ausmacht; warum wir zuhören. Ich trat ihm ins Gesicht und fuhr mir daraufhin, auf die Erregung, die es mir verschaffte, eilig mit der Hand über das linke Ende des Schlüsselbeins. Mir schien es fast, die Wanne, durch die schwache Spannung meiner Haut gerade hier entstanden, würde jetzt zerbrechen und einen salzigen Strom in mein Inneres erlauben.

Den Jungen liegen zu lassen erschien uns nicht bestialisch genug.
Wir schmeißen ihn jedes Mal wieder hinunter, sprach neben mir unvermittelt ein ungeheuerlicher Nackter mit undefinierbarem Akzent und einem nahezu bäuerlichem Erotismus. Einem unglücklich geratenen Schädel. Es geht mir schon schlechter als früher, erläuterte der Junge es; er sagte es auf eine Art zu mir, als wollte er verstehen lassen, dass der Nackte seine Arbeit gut machte.

Die nahezu entstellenden Muskeln des Nackten wirkten wie Vergrößerungen seines Geistes; natürlich, bemerkte ich, er dachte durch seine Nervenendigungen; ein Blick ins Gesicht beleidigt ihn; die Macht annährend alles zu erwürgen ließ ihn nahezu herrlich erscheinen, alles was er tat, war etwas Heiliges; ein Mann voller zweifelloser Ideen. Ein wenig zu plump für einen Geistlichen vielleicht; insgeheim genoss ich die Vorstellung, der Nackte würde seinen Kopf verschlingen. Ich erkannte im Nackten den Leutnant. Er sei der Geringste, versicherte man mir. Erstickte Tränen sollen hier entlang gelaufen sein; mir war sogar zu Ohren gekommen, dass bereits Soldaten im Herzen verblutet waren da er sang. Dass er weint, ist vom selben Umstand bewegt auf dem sich mein Dasein gründet. Er nennt das Schiff *Zehenspitze*.

Er träumt von mir, sieht, wie ich durch die Offiziersmesse spaziere.
Gegrüßt seien die Schlinger; genauso aß mein Vater die Birnen und das Brot. Genauso war seine Lunge.
Ich hockte mich zum Jungen hinunter; ich spürte den Schiffszugang im Rücken, spürte

wie die Passagiere hinter mir zu zwei Strömen zerbrachen, dass das Ufer vollkommen kühl geworden war. Mit einem Blinzeln machte ich aus Welt und Menschen einen gemeinsamen, schwer zu beobachtenden Schatten, schwer zu fokussieren. Ich gehe oben.

Oben treiben auf dem dünnen Wasser eine Schürze und der Krieg. Die Schürze gehört meiner Mutter, meine Mutter raucht mit den Brigadegenerälen und geht in ihre Gesichter. Willfährig ist der Geist Mägdeleins, so singt der Schlinger mein Nachtlied, meine Atemnokturne.

Du weißt, zu welchem Ort wir fahren, fragte ich den Jungen wie aus einer Laune. Beeile oder begnüge dich, Mutter – wenn die Segel erstmal gespannt wären, gäbe es keine Kommunikation mehr, denn dann jammern sie, zerbrechen sich ihre Segelstirnen laut darüber, was sein könnte und was nicht ist; ihre Stimmen klingen wie die von jungen Männern, die schrill genug schreien, dass man sie für alte Frauen halten könnte.

Der Leutnant träumt.

Er träumt vom Krieg, träumt mich in den Krieg.

Kriegsnacht ohne Gefechte.

Er legte uns in eine Kabine, so als brächte ein Kind eine Puppe in eine Truhe hinein, um sie gleichsam vor der herannahenden Gesellschaft, wie auch die herannahende Gesellschaft vor ihrem Blick zu bewahren. Legen sie den Jungen hier zu mir hinein, sie wissen wie ich bin. Mutter weiß wer ich bin, dem Brigadegeneral erzählt sie, dass ich ihre Brust als Kind angefaucht habe. Dieses Gefühl ist das reine Entsetzen. Und - beweisen kann ich es nicht - wir liegen in einer gemeinsamen Truhe.

Der Leutnant weint, die Soldaten sehen ihre Gewehre an, hager. Sein Verständnis sagte mir mehr über ihn und mir, als es ein engagiertes Denken hätte tun können.

Ja, man wies uns dieselbe Koje zu. Ich zwang ihn sich auf den Boden zu legen und wartete ab. Mir wies ich einen Stuhl zu, rauchte verleugnend und löschte in einer schmalen Wasserschale. Vater vor dem Schiff ist gleich daneben und hat eine Streichholzschachtel im

Gesicht damit er ohne Augen sei. Er (mein Vater) teilte mir seine eindringliche Ansicht mit, dass man als Passagier nur sehr indirekt Anmerkungen an die Verantwortlichen führen könne; Gespräche mit Soldaten zu führen - die ohnehin nicht wie Gespräche waren, sondern eher zufällige Erwähnungen, die nur äußerlich wie ein Gespräch wirkten - war meist absolut wirkungslos und selbst wenn, so sind sie in ihren Behauptungen ganz wehrlos noch vor dem Brigadegeneral dessen Sinne vervollkommnet luxuriös sind.

Dem Mutter die Gesichtsfalten einkrempelt. Es sei sehr gut, meinte ich.
Es sei sehr schön;

Ich tupfte meine Finger im schwarzen Schlick der Zigarettenasche. Sicher sind unsere Hälse zerdrückt. Ich dachte nach. Der Krieg; ja, ich habe ihn nicht einmal gänzlich berührt und schon lässt er mich süchtig nach mir selbst sein - diese Verwundung, Dekomposition und Detonation der Ideen! Krieg, ja, es ist etwas sehr leichtes, vielleicht zu schön um nicht von der eigenen Federform verzehrt und einge-schlagen zu werden. Wenn Ares spricht steht alles still und langsam nähert sich alles einer hohen Krümmung an, die die Massen der kunstvollen Albträume über unsere Brust und den Schädel zu biegt. Beharrlich gleitet mein Albtraum durch den Flaschenhals. In den Gesichtern der Offiziere war alles, was man benötigt um sich zu nähren.

Seht ihr mich an der Offiziermesse den Genever im Mund zerdrücken und den blauen Kondensstreifen in meinen Hals hineinbetten; dieses als das allererste, verfertigte Flaschenschiff.

Ich spüre Welt.

Und das Gesicht des Nackten, das von hinten herannaht.

Man konnte es beinahe nur vermuten; dieses Gesicht war in sich aufgeweicht; ein Messer blinzelte in der Kehle des Jungen, blinzelte jedem aufgereizt zu. Es ist wild, sage ich und bringe die Fingerknöchel in eine Bewegung hinein. Er ist nicht stolz genug um mir zu glauben. Sicher sind unsere Hälse zerdrückt von Kupfersonnen und wir sind glücklich genug mit unserer alten Mühle. Was schreit dann an der Küste. Die Madonnenschreine graben sich in die Erde und liegen morgen im Himmel.

Der Stein liegt im Himmel. Was für ein Mann! Bemühen wir uns, es ihm so leicht zu machen, wie er es verdient! Der Stein liegt im Himmel; er liegt in einer ovalen Flasche aus dumpfen Wind.

Und es reicht nicht. Die Tränen liefen mir derart in die Augen, dass ich die Welt wie so häufig, mitsamt ihrer Gestalten als Ornament von Schatten wahrnahm. Ich emittierte im Schlaf vor St. Perdra, wie ich diesen Namen ihr auf ewig verleihe, einen zarten und ängstlichen Duft.

(Der Partisan)

Edgar, jene verstoßene Kreatur, wie er sich
selbst bezeichnete, sagt mir am Telefon, schon
gut, bleib einfach wo du bist, und schien dabei
zu sein, mit dem Schädel ein wenig von der
Erde zu kugeln. Ich hatte mir ohnehin die
Pension für die Nacht aus dem Magen drücken
lassen, warum sollte ich sie also nicht nutzen,
dachte ich, um das Hotelpersonal ein wenig zu
stören? Der *Partisan* ist schließlich tot; für die
meisten war er nicht mehr als ein Lumpen,
nahe an der Travestie, der an den Kanälen der
auslaufenden Stadt die Vögel fütterte und sie
anschließend aß; mit Krokodilstränen, auf den
Augen schwimmend. Dabei konnte ich ihn
durchaus verstehen; ich züchte selbst Vögel;
gelegentlich zerbrechen sie einem mit ihrer
Scheu das Herz. Und sein Herz war schließlich
nichts weiter als ein kleiner, mehliger Sack,
den man gerne in die trockenen Maulwurfs-
fugen gesetzt hätte -

Ich muss also abwarten bis der Schrei vorbei
ist. Zum Totlachen, wenn man so will. Edgar,

wenn eine laute Bekanntmachung des Schmerzes in dieser Welt schließlich an die Sinneshäarchen in unseren mehr oder weniger bedeckten oder sogar freiwillig tauben Ohren rührte, so bedeutete es, dass zu diesem Zeitpunkt jener Schmerz bereits in die kleineren, verliebteren Dinge übergegangen war.

Man wird mit großer Eile zynisch; der zarte Geruch der jungen Toten - man stelle sich vor: ein Greis wird zum Kind! - verknüpft sich für uns mit dem Effet des Kognaks, der den eigenen Geist verjüngt. Und man ist erfüllt von einem nahezu bezaubernden Willen zur Selbstentschädigung wie nur eine Mutter, eine die Geburt empfing, es sein kann.

In der marokkanischen Lobby ziehe ich mir einen Kaffee, der verheißend ist, dem Gefühl der Müdigkeit den finalen Anstoß zu geben, dessen Aroma sich hingegen als überraschend tief, beinahe abgründig entpuppt. Ich bemerke nun, dass ich vielleicht doch noch lange nicht so zynisch geworden bin, wie ich es gerne wäre, zumindest hält der Zynismus nicht mit der Verzweiflung stand, wenn mir unweigerlich der Gedanke nach den brachen Möglichkeiten des Lebens kommt - wie all die Varietät ertragen, der wir heute mehr denn je ausgesetzt sind? Die kommenden Zeiten, war ich mir sicher, würden unseren ganzen Humor erfordern, denn es wird immer mehr geben, dem wir mit unserem Leben entgegenstehen müssen. Die Gegenwart, die Geschichte, ist ein Biest.

Ich weiß nicht warum ich überhaupt hier bin. Ich denke an spontane, liebevolle Gebete und, zugegebenermaßen, auch an den glasklar formulierten Schritt des jungen Empfangsmädchens.

Eine Art alter Bekannter ist tot; nichts Schlimmes. Nur eine Möglichkeit für einen allgemein gehaltenen, symbolischen Gestus, in dem wir vor Allem uns selbst bedauern - wir hätten uns genauso gut unsere eigene Dummheit eingestehen können, das hätte nichts geändert.

Bis ich an mein Zimmer gelange, ist der Kaffee halb vollzogen; mir erscheint es aus irgendeinem Grund wichtig, sich einzuprägen, dass ich nicht aus dem Grund vor der Türe noch auftrinke, dass ich hinreichend Zeit dazu habe. Wenn man seine Sachen vorher auf das

Zimmer bringen lässt, erscheint das Betreten des Hotelzimmers als das Zeugma-Erlebnis des Betretens eines Gefängnisses.

Mir ist schwindelig; ich beachte das Zimmer überhaupt nicht, wühle unmittelbar in meinen Sachen. Will mich auf die Beerdigung konzentrieren. Mit meinen Rasierer in der Hand wandere ich direkt wieder auf den Flur hinaus.

Trotz statistischer Untersuchungen verschiedener Unternehmer des Hotelgewerbes oder Erhebungen des Bundesamts kann im Grunde niemand auch nur annährend präzise Erklärungen abgeben, warum in dieser Umgebung überhaupt noch Menschen auftauchten, höchstens für illegale Beerdigungen – und selbst dafür waren es zu viele.

Das Hotel (was im Grunde zuviel behauptet ist) stand im Gravitationssog eines neugeborenem Nichts; das Einzige wofür dieser Sumpf, in dessen Umkreis ich mich selbst in der Jugend nur unter äußerster Anspannung bewegte, bekannt war, war sein Krematorium gewesen und auch dieses erhielt seinen zweifelhaften Ruf auch nur deswegen, weil einst der, aus unserer Umgebung stammende, Landesmeister im Gewichtheben, ein Mann von ausgewiesen vollständigster Gesundheit, den Betreiber des Krematoriumsbetreiber bestach damit dieser ihn bei lebendigem Leibe verbrannte; er tat es aus der Begründung heraus, er müsste für eine kurze Zeit nicht ersichtlich sein.

Solche Geschichten aber entgleiten mir, auch sind sie zu offensichtlich um ihnen Glauben zu schenken. Wenn ich den dunklen Dreck meines Bartes mit seiner dürren Gestalt in den Abfluss schwemme, fühle ich mich auf der Höhe leicht abstrakter Gefühle. Stille Füße lugen unter den Toilettenkabinen hervor, beide stecken nackt in Sandalen gepfercht, geschunden, haarlos und gebräunt; auf einem der Füße schläft eine Narbe. Es ist ein wenig unvorsichtig, sage ich, Sandalen zu tragen; im dunstigen Außerhalb diesseits klettern einem die Ameise in die Beine.

Zurückgekehrt sehe mich im Zimmer um; das Einzige, das Aufsehen erregt, ist eine auffällige, mit einem Teppich überworfene Stelle an der Ecke des Fußbodens, meine Neugier darüber ist aber nicht sonderlich stark, lieber verstaue ich ein wenig das Licht und spähe verstohlen durch sonnengelbe Gardinen und sehe den Huren auf der anderen Straßenseite eine Weile in der Dunkelheit beim Wimmeln zu. Es ist eine kleine Gruppe von dreien; zwei von ihnen sind recht kurz und zudem schmal, während die Dritte der Prostituierten sogar überdurchschnittliche Größe vorweist; aufgrund ihrer konturierten Wade glaube ich zunächst, es sei ein Transvestit oder Transgender, dann aber trällert aus der ledrigen, weißen Kehle ein spitzes Stimmchen. Sie trinken Polizisten mit einfachem Gemüt. Sie tragen im Hirn ein Weinblatt, mit dem der Arsch gewischt wird, und ein armseliges Herz wie einen dreckigen Witz; alles spreizt ab, fehlt...

Als ich in die Parterre hinab gestiegen, ist mir erstaunlich wohl zu Mute, gleich mir ebenso ganz erheblich übel ist. Ich habe das Gefühl, dass mir die Gedärme aus der Bauchhöhle treten und sich mit meiner Statur verschlingen. Neben mir stehen ein großes, kaltes Pferd und ein sitzender Dalmatiner; er muss das Pferd mit toten Augen ansehen. Ist Liebe denn ein Verbrechen, oder so ähnlich. Als ich mich setze, hebt sich neben mir ein freundlicher Pädophiler mit dickem Bauch auf, aber er hat keinen Hunger und lässt seinen Teller halbvoll in der Welt stehen. Der zuvorkommende Ober, der mich sofort bedienen will, hat ein Gesicht wie ein Geisterfuchs, wie ein spitzer Ochsenschädel. Sein Gesicht hängt an der Wand, über dem Gang, der nur hinauf- oder hinabführt. Man sieht Menschen dort auf und abgehen, die man schnell aus den Augen verliert; teils unzählig viele, aber die Halle wird von ihnen nicht gefüllt. Im Gegenteil. Mit ihren Blicken räumen sie auf und saugen die abgestandene Zeit in sich hinein. Sie haben nichts Verbotenes getan, aber auch nichts Erlaubtes.

Durch das Klima der Lobby begann es nun eilig wieder unerträglicher zu werden; ich dachte eine Frau in einem dickem Anorak zu sehen, die ihren Hunden Würfel hinwarf; sie hatte kalte, herzlose Augen, die Hundeschnauzen grunzten und das Echo dieses tiefen Grunzens fährt mir in die Knochen. Ich bleibe bewegungslos, als sei ich paralysiert; die Frau sieht mich immer noch unverhohlen mit ihrem starrem Blick an als sie sich leicht seitlich bückte um mit einer selbstverständlichen, seriösen Geste die, von gallertartigem Speichel überzogenen, Kuben mit ihrer weichen, braunen

Hand aufzulesen. Vier. Mit jedem Finger, einem nach dem anderen, angelt sie die kleinen Dinger aus den haarigen, undurchsichtig schwarzen Lefzen. Die Musik der feuchten Schnauzen hallt durch die gesamte Lobby. Ich dachte, es hätte mir eine schmerzhafte Erektion verschafft; ich bemerke erst Minuten später, dass ich vollkommen schlaff bin, dennoch fühle ich einen Schmerz, als bohrte sich mit mein eigener Schaft in meinen eigenen Unterbauch. Um mich dessen zu überzeugen drehte ich mich zum Ober herum, der den Eisschrank zu bestücken schien, und stand auf, mit vor den Schritt gezogenen Mantel, um an ihr vorbei zum Pissoir zu wanken. Als ich weniger als einen Meter an ihr vorbeirückte, sog sich ihr Überwurf gierig voll mit meinem verblassten Aftershave, sie aber rührt sich nicht und als ich wiederkomme, natürlich, ist sie fort.

Als das dicke Parfait, das ich vor wenigen Momenten noch geordert hatte, vor mir auftaucht, ist es mir, als würde mir das Herz davor vergehen. Im selben Moment glänzt Gende in der Drehtür; wie ein von der Sonne betasteter Metallgegenstand in seichtem Salzwasser.

Bis auf zehn Meter Entfernung frage ich ihn, ob Blasensteine die Ursache von Hirngespinsten sein können. Wieso, fragte er, als er direkt vor mir stand und mir zu signalisieren suchte, dass es ihm nicht eilig genug ginge. Es ist nichts, sagte ich.

Die Straße war zu laut um sich den Selbstgesprächen hinzugeben, die unter dem Denkmantel der Kommunikation sich zu Leben stehlen; es roch unrettbar nach frischer, modernder Erde. Ich wollte mich ein wenig auf das weiche Pflaster legen, verzichtete aber darauf um die Ungeduld und meinen Ärger auf Gende nicht zu vergeuden, der um so größer wurde, umso mehr er sich regte um mir laut klarzumachen, ich solle mich beeilen. Vorne im Taxi erkannte ich die Kugel Brohnemanns; hätte er sich nicht gegen die Attacken des Fahrers gewährt, wäre dieser innerhalb weniger Sekunden fort gewesen, was nicht unverständlich gewesen wäre; gelegentlich spreizten sich die Knospen der Huren vor ihnen auf und sie widerstehen nicht. Widerstehen sie, sagen sie *Schwamm* und spucken aus, wozu sie teilweise im Wald schon beginnen die Fenster hinunter zudrehen. Nichts weiter als Professionalität, die Gier auf die kalten Schwänze der Taxifahrer, sage ich aus dem Zusammenhang gerissen, halblaut zu Brohnemann und zucke mit den Schultern, woraufhin sich der Taxifahrer zunächst zu sehr erregt, als dass man hoffen konnte, er würde sich alsbald vom Fleck rühren, aber noch während er einen Schwall an Beschimpfungen über mich, speziell bezüglich meiner Männlichkeit, niedergehen lässt, gerät die Maschine in Bewegung und die Hinabsetzungen, die ich ertragen muss, verknüpfen sich mühelos mit der eintretenden Erleichterung.

Sicher bin ich verrückt, aber darf nicht auch ich ein wenig motzen, sagte Brohnemann. Immer nur nach dir, zuckte ich die Schultern. Ich meine, sicher wäre es gut und angenehm gewesen, wäre er auch nur ein einziges Mal zu leben gekommen. Der *Partisan*, meint dazu Gende. Nach dir, ich meine, statt z.B. tot geboren zu werden und dann auch noch zu wachsen. Und ein Leben zu führen, obwohl man tot ist, was durchaus Verwegenheit besitzt. Ich schätze deswegen ist er Partisan, ich meine, er hatte etliche Berufe, nur halt sobald sie außer Usus gekommen waren. Aber er hat ein Leben geführt, obwohl er schon immer tot war. Und das ist doch wichtig, oder? Er hat recht gehabt - mit was auch immer. Brohnemann meint, mit seinem Ende aber, hat er sich ziemlich vergriffen. Mit was auch immer, mehr sag' ich dazu nicht. Vielleicht habe ich nichts mit euch zu tun.

Über uns fährt der Wald. Vielleicht hatte ich nur hiermit was zu tun. Vielleicht führe ich auch nur ein Leben, solange ich an der falschen Legende des *Partisan*s beteiligt bin -

(Der Falkner)

Das Bild des Falkners hat eine Gurgel, klein und schwarz.
Das Bild des Falkners hat ein blitzendes Schulterblatt.
Die kleine Gurgel ist ein winziges Lebewesen ganz für sich selbst; das Schulterblatt hat eine Bandage, das heißt, dem Schulterblatt wird eine Bandage angelegt; sie kriecht ihm über die Haut wie die Fußabdrücke lüsterner Pferdefliegen.
Ohnehin sind diese kleinen Fallen und Hinterlistigkeiten der Physik kleine Attacken gegen das Schuldgefühl; die Handgelenkschürze lässt ihn weiblicher und eitler wirken als ein schöner, unbehaarter Unterarm.

Große Tieresangst; sie überkommt.

Rührselige Schnauzer werden zwischen billigen, weißen Kunstzaungebilden und drahtigen Schößen umhergeschwenkt, während sich in ihren glänzenden Schnauzen, facettiert wie in dem Auge einer Fliege, die Straße und die Fußgängerzone spiegeln. Durch das durchgezogene Fensterglas hindurch gleitet der Fuß auf den Bürgersteig hinaus; Schweben über schillernden Kehlen. Auf dem Steig gegenüber erscheint dreißigjährig die Forschung, mit einem luftigem Sommerkleid, und weiblich ist das Becken - ich rechne bruchstückartige Altersunterschiede von verschiedenen Dreißigerfrauen, die 72er bis 76er gegeneinander auf. Um Sieben steht mir kein einziges Stück Dreck unter den Nägeln, die dann in den Innenräumen völlig weiß aufglänzen als seien sie aus dem Bild der Welt gefallen. Niemand fegt Fingernägel am Bildfuß des Falkners. Mein Lied ist nicht nur ausgewachsen sondern inzwischen auch klar. Unter diesem und jenem Kleid eine steile Flucht...

Die Jungen streichen durch die Pflasternischen wie lebendige Bücklinge. Nicht unweit vom Bild des Falkners starrt ein Abfluss in den Himmel; der Hund sieht hinein; auch er glänzt; er ist bis einen Dezimeter unter den Rand gefüllt mit tropfenförmigen Silberfischchen. Auf dem Kostüm liegt Bier und Sommerhaut. Eine kleine Metallschiene und dazwischen gesteckt ein frühherbstlicher, vor Schluckauf und Aufstoßen dunstiger Laubwald mit der Erinnerung sublimer, kürzester Nervenbahnen. Gelenke in Zwangsjacken, schwebend neben den lebendigen Bäuchen ohne irgendeine Schwangerschaft; nur ein kleiner Dohlenkopf kullert unter der Bluse umher.

Späte Frühstücke mit Kartoffelsalat und Kaffee aus Peru mit nussigem Aroma; gegessen in den Koteletten der Vorbeiziehenden. Neugierde steht in den Blicken wie in einer Blumenvase, gefüllt mit etwas überaus Unüblichem. Es ist schwierig die Straße hinauf zu sehen bei dem Wind. Der Himmel unterdes so klar und die Wolken so gewissenhaft konturiert, dass der trügerische Eindruck hervorgerufen wird, große Wohltaten würden einem alsbald zu Teil werden. Nur noch eine kleine Verzögerung, nur noch ein kleiner Krümel neurodermitischen Dreckes zum Wendepunkt! Die Schirme sind bedeckt mit hellen, weißen Schuppen, die trocken in der Sonne rascheln und warten vom Steilhang geklopft zu werden, von guter Hand.

Der Falkner hat heimlich grad mal einen Kolibrihals, aber das weiß keiner.

Jemand hat ihm noch einen Oberarm gegeben. Er hat sich einen Oberarm geliehen, den er sich unter den Schal gesteckt hat, der ihn berührt, unter der Flut. Der Falke sieht weit fort. Als sei der Falkner Licht. Unter den Schwingen kleben kleine Gedächtnisse mit denen der Falke gelegentlich fliegt wenn er seine Kräfte nicht verbrauchen will. Kleine Gedächtnisse, das können sein: guter, schlechter, akzeptabler Geschmack zu Formen und Farben, Gelände zu Kraftanstrengung, an-die-Brut-denken, Erzeugen.

Pass auf, Falkner, sonst kommt es ans Licht. Der Falke besteht nur aus Traum. Und es sind nun auch noch ordentliche Träume, aufgeräumt und ohne Gewölbe.
Führt und schläft über die Straße hinaus; heißes, ausgehöhltes Zelebrid.
Bestellungen gehen ins Wunderliche über; weißer Kaffee. Dumme Augen, hautfarbene Frauen, rote Geflechte aus Ast. Ist es vielleicht eine Allergie. Oder weil es schwimmt, weil etwa der Arm nicht weit genug zurück, fast hinter den Rücken zurück gebunden ist. Ohne

die Verlängerung des Armes, ohne die Leder-
schürzen gegen das Fleisch, den Falken.
Manchmal sieht man Straßenkehrer, aber sie
gehen nur vorbei; schwarz und satt glänzt Kaffee in den Pappbechern, mit denen sie vorüber-
ziehen.

(Nachtlaterne)

Der Tag war erloschen; durch die tiefneblige Schwärze schienen nur noch einzelne Gruben-lampen; Krähen zankten in den hageren, de-formierten Bäumen, die ihre Äste wie eine Hand auf die Wunde des verborgenen Himmels und in die Vogelschwärme legten, in ihren grazilen Fingern spürten, dass sie krank und voller Verachtung waren. Wie ein Gefangenenlager, dachte ich; nachts stirbt einer.

der Mond tropfte wie schwitzender Samen still aus den Deckenritzen auf die Rücken von schwarzen Grübelnden, die sich daran mit gelber, giftig schäumender Flamme zu ent-zünden schienen; urwüchsige Menschen aus den Sümpfen, bedacht mit Irrlichtern; hastige Schritte durch das befeuchtete Moos schraken mich in der Küche auf ohne mich aufzuschre-cken, aber die Nase nahm ich vom Holz und richtete mich in der Dunkelheit gegen das Fenster damit ich meine Orientierung wieder fand; durch das automatische Licht des Eingangs lagen die Gitter ausgestrahlt in ihrem Rahmen;

barfuß öffnete ich die Tür und sah in das Moor, dann in die Gruben hinaus - es hatte geregnet, merkte ich, als meine Füße auf der Erde zum Grase froren, das schlaff unter den opulenten und im Denken überwiegenden Wassertropfen hing; die Straße sah aufgelöst aus, zerfloss zusehends im Grase, aber keine Spuren darin zu lesen, ebenmäßig lief sie trüb auseinander;

ich richtete mich schon gegen das Haus und schob mich in die Tür, da sah ich von außen mein Schlafzimmer, das ich lange nicht benutzen konnte, denn ich erinnerte mich nicht zu schlafen über das Stapfen im Moos;

drinnen floh eine menschengroße Tonfigur durch das Lichtraster, wie sie auf dem Bette lag;

ihr Bauch war eine aufgequollene Maske, das Gesicht war eine Kerbe und die Glieder blinzelten aus einer Entzündung herauf.

Ich ließ nach innen hin die Tür auf, setzte mich geräuschlos gleitend durch das Fenster auf den Bettrand, woraufhin die Tonfigur mir antwortete, indem sie gewohnheitsgemäß zu scheppern, sich, wie man sagt, zu setzen begann.

(Das Monstrum)

Der zu ihm kam, in der Absicht ihm ein Traktat anzubieten, stellte sich als Vesco vor. Maurice stellte sich vor, dass sein Kopf ein
singender Kasten ist. Er schob die Excerpte
der heiligen Schrift zügig mit seinem Brot in
die Aktentasche und erwartete, dass der alte
Mann ihm folgen würde, was dieser, zu seinem Erfreuen, nicht wagte.

Maurice betrat das Café und bat darum, dass
die Lichter heruntergefahren würden, was ihm
aufgrund des nahenden Geschäftsschlusses
ohne Aufpreis gewährt wurde. Im Studio
gegenüber leuchteten ihm Lichter in einer
langen, südlichen Schlange durch ein aufge-
schlagenes Fenster, umriss Teile, Segmente
der Welt, in denen die Auslassung wie eine
Lende brannte. Maurice wartete auf das
Algengespinst der Nacht; er fegte seinen aus-
erwählten Teil des Abends frei, während sich
der lange Flügelschlag einer kirschschwarzen
Taube darüber ergoss.

Martinsnacht; langsam stellten sich Sphinxen an die Stelle der alten Frauenköpfe zurück. Das Körperlos. Irgendwo liegt die Liebe, allerdings in einem aufgetürmten Stapel Schmutzwäsche. Es existieren noch jene, die das angestrahlte Wasser aufsammeln und mit lebendigem Gesicht reiben sie es in die Blumenampeln der Passage.

Maurice sieht.
Er schaut über die Straße.

Lassard, ein eleganter, junger Mann, küsst eine alte Italienerin, schneidet ihr die Kehle auf und legt sie auf den trockenen, da überdachten Boden der Passage; aus den Blumenampeln schwappt rotes Licht, während sich das lange Platschen des Wassers darüber ergoss. Glich dem Geräusch eines Fisches, der entschuppt und ausgenommen in einen Teich geworfen wird. Lassard bleibt freundlich.
Am anderen Ende der Straße ist die Polizei bereits zu erkennen; das Blaulicht bleibt in dem fließenden Ampelwasser stehen und taucht die Passage in Purpur. Trockene Manticor-Bäuche drehen sich an die Stelle der Köpfe der erwachsenen Männer. Vorbeiziehende

Kindergartenfrauen drücken der Italienerin eine Laterne in das Gesicht. Die Kinder verschwinden an einem Aufgang zur höheren Stadt. Die Polizisten tragen die Italienerin fort, rollen sie unter der goldenen Laterne fort, phasisch berühren sie Lassards Aktentasche und es knistert darin das Brot, dass sie versöhnlich werden oder zurückgehen. Sie fahren ohne Licht aus der Straße, Maurice windet sich etwas in seinem Abend auf.

Lassard ist freundlich.

Eine Frau mit blonder Perücke, die ihre Hand beriecht, nimmt er und er küsst sie. Noch während er sie küsst, drückt er seinen Zeigefinger in ihren Hals. Aus der Blumenampel spritzt glucksend Wasser, während die Ampel über der Italienerin leer und der Flieder darin verblüht ist. Die Kindergärtnerin mit der Laterne lässt die Laterne zuerst in der Nacht liegen, dann nach einigen Momenten über denen ein umkippender Körper liegt, der weich und nackt, wie ein enthaarter Kojote, in dessen Körper man sogar das Aneinanderrühren der Organe vernimmt, rollt sie die goldene Laterne in das rote Licht, das aus der Blumenampel fällt. Das Lichtgemisch macht sie starr. Die

Nacht haucht und saugt. Maurice krallt seine Finger in die Tasche; das Leder knarzt.

Die Kindergärtnerin verschwindet am Aufgang zur höheren Stadt. Der Regen erlischt, der Wind bläst mit einem menschlichen Hauch das Wasser aus allen Ampeln und durch den Flieder. Der Flieder liegt ordentlich zerstreut, die ganze Straße ist mit Fliederblüten bedeckt. Lassard verschwindet in dem Aufgang eines Hauses. Am Ende der Straße steht eine Person auf dessen halben Hals eine persische Hand ruht. Sie ballt die Fäuste, gleich als wollte sie schreien. Maurice folgt Lassard über die, mit Flieder bestreute Straße. Er tötet Lassard indem er ihm den Hals zerpresst. Hierzu drückt er lediglich Daumen- und Zeigefinger aneinander.

(Preiselbeeren)

Die Hand des hölzernen Christus lag begraben
unter seinem kleinem Holzkreuze am
äußersten Tischrand, sein linkes Holzbein war
vermutlich eine zeitlang über die Holzdielen
gerollt bis es seinen Kreis am Fuße des
Schreibtisches beendete, der aus Buchenholz
mitten im Raume lauerte und bemalt vom noch
hektischem Umherflimmern des Staubes.
Nichts als Holz seit Wochen zwischen den
Zähnen gehabt. Ich ging zurück in den nun geschlossenen Laden, ließ meinen Mantel und
Schal über die Theke fallen, während ich den
Koffer in einer kurzen, beabsichtigten
Vergesslichkeit mit im Schreibzimmer ein-
schloss. Als ob es Wahnsinn wäre. Auch der
Laden war vollkommen aus dunklem, exotischem – natürlich - Holz, und lediglich die
Porzellantöpfe mit ihren behilflich gearbeite-
ten, fremdländischen, blauen Verzierungen
leuchteten aus der Schwärze und dem Gehölz-
tem hervor und reckten sich in meinem Leiden
aus dem mediokrem Schwindel hervor. Alles
getan für eine handvoll Preiselbeeren. Der

Zugang des Schreibzimmers lag rechts vor der Theke; bis auf die Eingangstür beleuchtete nur ein hohes und schmales Fenster den Raum, was den Raum am frühen Abend mit seinen entkräfteten Sonnenfarben zeichnete und des Weiteren verblieb im Verkaufsraum nur ein Regal, die spinnengleiche Kühlanlage, die sich allmählich fetter werdend an der Decke festgesaugt hatte, und natürlich der Zugang zum ebenfalls anwesendem Schlafzimmer, von dem ich schätze, dass mein Großvater es seit dem Krieg und der nachrückenden, stetig näher steigenden Libido nicht verließ. Ich beugte mich über den Tresen, zog einige der Porzellantöpfe hervor; Waschmittelmücken zuckten hervor, dort wo, so wusste ich, es übermäßig angefüllt war mit den Kaffee- und Kakaobohnen, den Vanilleextrakten, einem fremdartigem, nach Rosen duftendem Pulver und exotischem Tee von unerhörtem Frauengeruch; ich entfernte ihre Deckel und sog tief von den Waren ein und einzelne Raupen ließen ihre kleinen fetten Körper in mein Haar fallen. Ich kratzte darin; Preiselbeeren bitte und keine Holzspäne. Beinahe stürzte ich über den von Fetisch und Ländlichkeit betrunkenen und pöbelnden Gehstock auf dem Eisen-

wappen von Bad Zelewaag und Bad Lauf-
furcht prangten, die stetig gefährlich für
spielende Kinderhände gewesen waren,
schneidend, mit geheimen tückischen und
widerhakengleichen Strukturen; Fallen für das
Bewusstsein wie die Hirschschädel an den
Wänden, die einem im Kopf spielen; es hätte
noch nie jemand auf etwas Hirschhirnrinde da-
hinter verzichten müssen, man müsste sogar
denken, dass das Eingedenken des Hirsches
stetig unter uns gewesen wäre um deutlich zu
benennen: auch du bist Natur.
Auch du bist Holz.
Mit den Händen der Reisenden und Su-
chenden, und mit den Kopfschmerzen, die die
Aromen in meinen Kopf getrieben hatten, trieb
ich nun mit ungelenken Schwanken der hinteren Türe zu, riss den gesamten Geruch mit,
der schließlich die Tür aufbrach indem er ihre
kleinsten ausgelassenen Strukturen un-
terwanderte. Dort im Raume stand der Großvater, weniger alt als üblich, eine kleine Skato-
logie glänzte in seinem Mundwinkel. Bis auf
einzelne Sonnenstrahlen, die durch die Jalousi-
en auf den Boden fielen, war auch dieser
Raum sonst unbeleuchtet und so, mir mit dem
Rücken und dem Zwielicht seines Gesichtes

zugewandt, klagte er, auferstanden aus seinem Korbschaukelstuhl, der überhangen mit Fliegen: Ich wollte das Meer sehen; ich weiß Großvater, sagte ich und untersuchte seinen Nachtschrank Ich wollte das Meer sehen, doch du fährst mit deinem Schiffen. Es ist meine Aufgabe, ließ ich eine Verteidigung; einige Flügel aus der unteren Fleischschicht ritzten vor meinen Augen die Haut auf und tragen aus meinen Adern. Nur eine Finte. Deine Aufgabe, Enkel ist es, Schiffe mir vor den Augen entlang zuführen, eines nach dem anderen, in verschiedensten Bauweisen und mit ausgefallensten Namen. Nicht nur die Seiten sehe ich, auch das Deck habe ich durchaus auf ihnen liegend sehen können, doch war ich wirklich immer gut angeordnet. Tatsächlich war ich immer in einer solchen Höhe angeordnet, dass über die Rehling ich nicht habe schauen können.

Als Großvater, überzeugter Junggeselle, einst im heimischen Hof mit bitterem Blick erschienen war, hatten sie ihn mit kaltem Leder abpressen müssen. Er sei verlobt, gab er nach einiger Zeit zu, und das Grauen grub sich unter seinen Gedärmen ein. Sie hakten nach, verhörten ihn, fuhren in einem Volkswagen im Kriegskern herum und klinkten sich entlang der Grenze ein. Dort brachte er einigen alten Industrieschrot beiseite und deckte meine Großmutter auf.

Als ich sie fragte, warum dieses kleine Haus an der Peripherie so krank sei, erwiderte sie, ach, das liegt sicher daran, mein Schatz, und sie hob ihren Kopf zu mir, dass ich von seinem Gehirn gegessen habe - sie zog nun mit dem Finger ihr unteres Augenlid etwas herunter und blickte verschwörerisch - und jetzt hat es tatsächlich Angst vor mir, sprach sie ganz reuelos und sie lachte sehr stark und unschuldig; kleine, gerade Falten spielten sich in ihr ganz verrätseltes Gesicht.

Alle Achtung, erwiderte ich Großvater, wie hattest du die Reling erahnt? War nicht der Himmel dir tief ins Gesicht gepresst, fiel mir im Gehen ein und entzündete die Nachtlaterne, dass der undurchdringliche Schatten womöglich etwas von seinem zerfressenen Gesichte gefallen wäre, doch stand er nun flugs auf, setzte sich mit angewinkelten Beine auf den Bettrand und drehte den Stuhl um, so dass er ihn auf den Schoß nehmen konnte.

Es belieh die Hochmacht
Die Welt mit Köpfen,
und als hing an der Bäumen Harze
Libellen, schimmernde schwarze
Schimmernd schwarz binden wir
an alles Zöpfe

Nun wippe ich euch, sagte er.
Kindskopf, dachte ich bei mir.
Es sind sicherlich nicht die Preiselbeeren, an denen er erstickt ist.

(Der Satyr)

Es muss einige Zeit zurückliegen.

Den Tunnel musste das Opium gegraben haben, nur er hält beide Tage zusammen. Diese kleinen Schwächeanfälle gehen Hand in Hand, wie ein Steg, doch gleichsam sind die Ausgangspunkte seiner Pfähle ein verschlammtes Tabula Rasa. Die Sonne kommt und knickt sie ineinander; sie denkt im Rhythmus der esoterischen Sexualität, die nicht im Umsturz begriffen ist oder von niemanden begriffen wurde.
Was für eine absurde Annahme, überfiel es mich dann: nie wird etwas begriffen!
Die Ähre wurde von den Feldern gelegt und verweilt nun. Bis sie verbrannt ist.

Ich betrachtete des Tages ein- und austauchend nun bereits die gelockerte Geschäftigkeit des Pan, der weniger durch den Opium hervor beschworen, sondern von etwas weit Oberflächlicherem, das bereits durch die letzten Tag trieb. Wie er den Bereich nahe den Bahnschienen mit sich selbst als bevölkert annahm. Die Verwunderung über seine leidliche Anwesenheit nahm vorerst die Drohung einer Unruhe an, doch wo er keinen Ton und keinen seiner schweigsamen Scherze aufwenden konnte, der die Völker des angrenzenden Wohnbereichs mit Befriedigung in ihre Sessel niederdrücken hätte können, verzeichnete dies ein Bahnbeamter in einer sehr einfachen Geste.

Ich erinnere Samuel; seine Witze –

Samuel wird ins Südland gehen, das spüre ich. Doch dann werden wir hier das Letzte sein, das bleibt; leichter ist es nur, sich mit dem Nichts auszutauschen, was wir den neuen Dingen verdanken, die sie allesamt scheinen gerade nun die eine, endgültige Neigung zu einem vollendetem Mangel hervorbilden.
Welch ein verzweifelter letzter Scherz, Samuel, dein Humor. Höre auf das, was wir dir sagen. Sicherlich, du hattest früher keine besonderen Verbindungen zu den hiesigen Angelegenheiten, doch mit deinem Charme, der an dir überdurchschnittlich erscheint, hattet

du bald ein ausgezeichnetes und durchädertes, lebendes und blutendes Netzwerk kreiert.

Doch die Materie dieser Menschen ist unerbittlich. Du müsstest sie dir ganz anders in ihrer Substanz, ihren Fingernägeln, usw. vorstellen. Sicherlich sind sie fürchterlich.
Doch da ist noch Fürchterlicheres im Leben; womit würdest du es bestreiten? Du kennst diese Frauen, die ein Geschwulst auf dem Schambein tragen und mit einer würgenden männlichen Gangart verhandeln, da sie außerhalb des Eingedenkens ruhen, dass die Blicke und Gedanken von ihnen fort gezogen werden. Faltet den Wein auf ihren Stirnen, auf dass die viktorianische Einfältigkeit ihren Schweiß in den Mündern versperrt! Von oben aus füttert dich die weiße Frau und ihr Krebs, und ihre Strähnen stürzen einfach über dich, eine schlohweiße Kralle.

Und der Teer gluckert und verändert unsere Mienen; ich deute das All frei; man könnte meinen, es wäre mir Lust daran gelegen den Äther für mich selbst zu halten. Wie gehalten gegenüber dem Vakuum! Dabei liegt die List, sicherlich eine, die nicht ohne Güte verweilt, fast elterlich sicher in den unerbittlichen Konturen der durch Gravitation verdorbenen Welt; was für eine Bestimmtheit gegen uns und welch Faktizität bezüglich sich selbst, losgelöst gerade noch (doch sehr bald nicht mehr) von den Vektoren und Reliefen des Schilfes, der am Zaunpfahl sich aufzubäumen pflegt von wo aus man sich über das Land deckt.

Wir werden sterben, Samuel, deinen Humor fliehen.
Nie wieder werde ich ein Brot essen können, das nach Gaugin schmeckt oder die Lichter in den Gruben mit flinken Gliedern zerschneiden.
Im Hausflur steht eine silberne Schale; aus der frisst der Hund nicht, er ist blind. Seine Augen sind wie erloschen.

Punktgenau patrouilliert inzwischen die Fabel auf den Schienen, punktgenau lässt es uns nicht schlafen zu Tage und punktgenau lässt es uns im Abend unaufmerksam sein. In der Abenddämmerung hast du deinen Pass.
Dich werden sie in Stücke schneiden, Samuel, fürchte ich, sie werden dich vielleicht im letzten Augenblicke, in dem du deinen Atem schon im Stande bist nieder zu legen, retten.

Doch was wäre nun, wenn sie es nicht könnten weil du es nicht kannst? Sie wollen dir ja den Geist bedecken; sanft und kühl.

Und es wird dir nichts ausmachen.
Darum:
Das Südland, ja, wo die Tränen der jungen Frauen Fenster sind, Gelegenheiten. Es gefriert einem sogar der Hass und ein Lied fällt einem ein. Das Südland, ja, denke ich, wo Panther Federweißer weinen, der ihre Augen in Nelken Ausdruck finden lässt, die dir ans Bett gebracht werden. Im Südland hast du jeden in der Hand, jeder dich und du dich, weil du sein Arm bist, weil du sein Schulterblatt liebst und du vom Schlüsselbein bereits sagen kannst da hättest du gewohnt. Das Verzeihen gibt es für den Südländer nicht, es ist nichts, was sie haben können. Es ist das Südland durch den Rauch der Flaneure, der Obsession, ein hinkendes, doch klingendes Lied im Südland.

Immer nur der Humor und dabei doch sterben!
Immer sterben im Humor, immer sich in die Höllenschatten herunter singen, immer sterben müssen im Zweifel, immer vor Angst verreckt beim Kitzel!

Ich durchlief Heilungen und erneute Krankheiten, die aus ihrer Asche blühten, milder als zuvor, und zu dieser Zeit bereitete mir das Geschehen umher eine wunderbare Langeweile, die sich neben mein Bett stellte, hervortat, mich küsste und mich an den Armen griff, sanft in den Schlaf erneut herabdrückte unterdes der Pan sein endloses Spiel weiter trieb und die gesamte Bahngesellschaft, wie die, von draußen her schreiende, in Stücke gekreischte Welt, den Takt dazu ließ. Nun aber hätte sich alles ändern müssen, war ich mir für immer gewahr, und die Freude seiner Erscheinung ist die Freude seines Abschieds.

Der Satyr muss dann für immer vorhanden sein und er liebt das Syrinxspiel.
Über die Entstehung der Syrinx muss monochrom nachgedacht werden.

Das Syrinxspiel betritt das Südland; ein fantastischer Auftritt.

Er wird schon kommen, dachte ich.
Er war schon hier, dachte ich.

(Die Knochen brechenden Wälder)

Fünfzig Beine, fünf Monate Zeit. Die Asseln schmelzen im Mund, gelb wie Glühwürmer. Norwegen, Schweden, Jahr. Ich trinke. Habe Lust darauf, wie die Haut brennt. Wenn ich bereits weine, ist es Tag geworden. Der Brunnen rennt; die Fichten spielen in meinem Haar. Der Mann der Stunde: taucht am Horizont auf und wenn man die Augen zumacht, ist er gerade vorbeigegangen.

Manchmal gelangt man zur Schönheit, vor Allem wenn man allein ist. Obwohl ich die Pflanzen nicht tränke, kann ich ihnen beim Wachsen zusehen. Wie nah kommt der Stern? Ich rieche manchmal ein Tier in der Nähe; das hilft. Ich dachte, dass ich floureszierende Fische durch den Himmel hätte treiben sehen, bis sie sich in den Wolken verfingen wie in einem korallenen Versteck. In den letzten Stunden habe ich viele Namen in Schreien gehört. Hatte ein ganz natürliches Gefühl, wer weiß, was das war; vielleicht würde ich meine Würde nicht mehr suchen müssen – wenn man sein Wesen ganz auf ein Objekt hinrichtet, ist man weit entfernt davon, mit ihm eins zu werden, in ihm zu spielen, doch das ist mir lange nicht klar gewesen. Jetzt schüttele ich mich wieder. Vielleicht sind da Soldaten; husten nicht, wenn man ihnen an die Nüsse greift. Gehen Seefischangeln. Haben nur sich und stolpernde Tiger, die unterm Mond nicht stehen bleiben.

Ich legte mich mit dem Rücken auf einen Skorpion; wenn ich mich dann und wann aufrichte wirkt er müde. Ich mache mir Sternenstaub; ich zerkleinere einen Planeten in der schwarzen Küchenmaschine. Mich errettend, die Kanäle zerkratzend, die Zehen spitzend in Gestrüpp triebiger Federn. Ein Mantra macht mir den Rücken schmerzen; Steinpharaos mit zitternden Brustwarzen.

Sie haben mir gesagt, ich wüsste nicht, wie harte Arbeit sich anfühlt. Mein Gesicht verrutscht.

Dann habe ich die betrogen…

Dann tat ich das…

Ich schiebe mir manchmal einen Elektrorasierer unter den Arm, aber das hilft nicht; hilft mir nicht so sehr, wie wenn ein Tier nahe kommt. Um zu vertreiben habe ich nur einen Stock; habe ihn selbst zwischen den Pflanzen aufgezogen. Ich habe ihm Haare gegeben; wenn ein Stück daran abbricht, kommt die eine oder andere längere Strähne zum Vorschein, den Haaren, die ich aber gab, ähneln sie kaum noch. Ich weiß, dass das Frauenhaar ist.

Junge Schülerinnen beten jetzt; der Lehrer steht am offenen Fenster und sagt Gedichte auf. Die Atome der Luft, wenn sein Atem darüber streicht, haben Seedrachenform. Die Hühner auf der Schulfarm sind aus Palmenblättern zusammen gesteckt.
Aus dem Dunkel sticht ein Herz, schon leicht getrocknet. Ich trinke mein Herz hinunter; ich mach' dich schwer.

Wenige Beine; werden auch dünner, heutzutage; zwischen zwei Streifen vom Regen. Flamme ist da. Bären jagen gehen: ihm auf die Augen blasen, ob es nicht geht.
In dem einen Gesicht war die Nase ein schlanker Röhrenwurm. Eine gewisse Strecke die Wand entlang: Gebirge, Teich, Wal, und die Gedanken waren, dort stehend, viele Male weiß.

(Pêche Melba)

Seit jeher: wie durch einen Sumpf bewegt! Schlingfächer und die geistigen Pflanzen, eine Hausangst und ein beträchtliches Erwürgen bewegen uns. Die Waldwege dringen mit ihrem Duft als Vorboten in die Höhle des letzten Rausches und flechten verantwortungsvoll die gedrungene Innenstadt in den giftigen Kadaver. Der Raum und die kleinen Vermissbarkeiten ziehen tief, aber sehr einfach zu verstoßen in die Substanz ein. In unseren Hälsen aus historischem Holz ziehen schwarze Seepferdchen der absoluten Emulsion, der Auflösbarkeit in den widergängerischen Prinzipien des Lichts, der Entfernung und der, durch die Nacht herbeigeführte, Variable des stetig erwarteten Abwesenden, des Nichts.

Ich kann nur sagen, dass der Sonntag, in all seiner Heiligkeit, eine reine, wenn auch nicht sinnentleerte Langeweile der Zeit ist. An den Gewässern frieren Katzengrasraucher; sie schlagen sich Helligkeit ins Gesicht. Ihre Lippennetze legen sie heimlich in die Rücken der letzten Mandolinensänger; leicht nenne ich ihre Mütter *Flügel*. Aus ihren Mündern fallen warme Wermutkräuter in einer Messe dunklen Lichts. Nichts befestigt meine Sprache; einen Bart aus seichtem Plankton muss man anhaben. Mit ihren mystischen Gesichtern zerkauen sie Bratwürste, mit rituellen Gesichtern eines markanten Gottesdienstes. Ihre Haut ist braun, bisweilen rot, sie kennen die Hitze. *Blanke Zettel*. Meine Haut nennen sie *Blanke Zettel*. Ich ziehe blanke Zettel an. Sag ein Wort, fress mit uns. Hungrig gehe ich in das Heimatmuseum, esse sinkende Schiffe und ordne langsam die alte Bürgerwehr neu an. Ich reiße Karten aus alten Büchern und wische mit ihnen Zeit von den aufgebahrten Tempelfragmenten.

Und dann Pfirsich Melba, nun ja. Brederich Smetana für Beginnende und dann die Spucke aus matt glänzendem Kamm.

Dann ein Likör, daraus vortretend: ein Schaum, der viskos ist und darin liegen Hornissen, gefolgt durch *bleu montaigne avec chattes* - ein meisterliches Kunstwerk, das im Munde zur Ausführung gelangt, verbunden mit den etwaigen Unglücken verzogener Tage, sozialer Defizite, etc.

Nervös geworden gesagt, was wahr ist. Die Liebe an jenem jungen Herren ist sicherlich beeinträchtigt; seine Marter ist mitunter eingefasst in die himbeerweißen Schenkel und die verwundeten, hoch getragenen Kinder; ehrlich gesagt: unausstehliche.

Das Sprungtuch für die erhöhteste Physik und unser aller Liebe gegenüber stumm und leer, gespannt über den Tod unserer spinnennetzenen Lippen und Kauen. Die Läuterung tritt durch den Zucker ein.

Früher oder später am Abend gleitet die Substanz aus dem Menschen. Unweigerlich wird uns bewusst, dass auch wir verstoßen worden sind, dass es tief in die tiefste Signatur unseres Daseins eingefügt ist. In unserem Magen glänzen das Wasser, die heißen Zwiebeln, das letzte Putenfleisch und die Hälse.

Der Schlaf spricht zu uns und nennt uns Mandolinensänger. Ich sage zum Schlaf *Hand*. Ich senke mich in sein Gefilde, Morpheus drückt meinen schmalen Schädel in seine Hand. Auf der geschlossen Hand liegt sein Mund.

Erfroren setzt sich im Schlaf der Hunger, kasteit, in der widrigen, behandten Basis ab, aber zu bald nur, im neuem Spätherbst, ist dem Auge zum Neuen die Unzulänglichkeit bewiesen und die Stirnhöhle wird dann mit der Gestalt des Mundes erneut überrascht. All das wird dann eines Tages wieder aufstaunen. Sicher ist: das Grauen wird erneut vermählt werden.

(Kompanie)

Der Himmel war beätzt worden; ein Kopf Krähen kletterte erschöpft durch den Efeu, der die
gelehnten, Sonnenreste sternhaft
reflektierenden Schappnells besetzte, dass sie
gelegentlich rot brannten. Durch einige
Spritzer an Knochenmarksflüssigkeit
schwärmte es einem antiken Säbelreiter ein
altes Volkslied vor; ein Donnerrollen, das in
die Ferne abriss, befeuchtete einen Grenadier
mit wildem Jazz und er fing in einer Ovale zu
tanzen an. Also doch. Ein Hinterer hatte in der
Ferne einen Benzinkanister mit einem
Kartäuser verwechselt.
Der Oberste der Mannschaften, kein Rangträ-
ger, höchstens geringster Menschenfresser, der
abends in den Teerfeuern mit Eifer an einer
stetigen Figur schnitzte und sich morgens erkalteten Tee in die wenigen Haare legte; ein
durchaus bereister und einnehmender Mann,
ohne Zeit auf der Hand, mit einer Truppe, die
hauptsächlich aus waschechten Hurensöhnen
bestand.

Borme, du frischer Katarakt zwischen Torpedobrüdern - rück auf, sagte er mit derselben Melodie, wie sie das Ölfass wiedergab, das er mit einem einfachen Knöchel die abschüssige Asphaltstraße hinunter trat. Einige Spatzen und frischer Wald glitten kurvig über die Allee und knurrten, währenddessen Borme einfiel, wie viel Schnaps er vor 24 Stunden trank, dann, ohne zu vergessen wie viel Schnaps er vor 24 Stunden trank, reichte dieser sich zum Anführer hoch.

Das Schönste am Anführer war sicherlich das väterliche Abteil des linken Schlüsselbeines - gutherzig wie eine Apotheke, am dichtesten verpackt; mit einem Nagel war ihm ein schwaches, dreckiges Kastanienblatt an dem festgemacht, was teils einer Uniform, teils einem Korsett ähnelte. Nur so ein Mann hat die Schlacht gewinnen können. Wir sind die Order, wo gar keine Order sein kann, dann ruhte er kurz aus, beugte sich etwas vor, bog schraubenartig schief nach oben. Borme nickte Wimmen zu und hoch, dem Säbelreiter, ja, sagte er dann mit einem interessierten und realisierenden Ton, nicht die beste, aber eine sehr rohe und *wirkliche*. Selbst wo Granaten gekugelt wurden, war alles übergrünt; das hätten wir anders gemacht, wird mir eilig von hinten, erster Reihe, zugesagt. Ich musste es ihnen zustehen, auch Söldnern wie Borne und Wimmen, vor Allem aber den Anführer, der sich jetzt ein wenig mehr verbog. Ein Mann, von dem ich weiß, dass er Losel hieß und nach Raketen riecht, schneidet in einem lebenden Schwein herum, das über die Öffnung seines Bauches nicht überrascht schien; der Benzinkanister zerfleischte endlich einen blutenden Zaunkönig. Also doch.

(Zolldorf)

Immer schon: zöllnerisch erzen; verengt in hoher, kristalliner Konzentration, so dass sich eine weiße Perle vor das Gesicht schiebt, was die Vorstellung darstellt, eine graue Perle vor den Unterleib, welche die Erinnerung darstellt, und eine schwarze Perle sich hinter den Kopf lagert, was die Gewohnheit vorführt.

Weiß leuchtete uns der Horizont auf.

Die, die eine weniger zurückhaltende Weisheit besitzen als wir. Außer für Matthius dem Schmuggler ist zwischen unserem Dorf und der Welt einfach kein Konsens zu schließen; das Grübeln über den Zeichen.
Alexandra kauert zwischen den Feldmeisen, die sich vergrößerten und verkleinerten, und sah in die Sonne aus deren Sitz ihr Freund, der Geschäftsmann aus München bald herannahen wollte und ihr *Lebensfreude* überreichen würde. Das Original von Picasso. Auf ihrem Schoß lag ein Teleskop, auf dem Schoß eines Spielmanns lag eine schimmelige Geige.

Gelegentlich legte sie unbeteiligt ihre Fingerspitzen, die genauso gut die Fingerspitzen jedermanns waren, in den Schoß hinein und gluckste unterdrückt in den archäologischen Himmel des nassen Sonnenaufgangs hinein, dass dieser blutig wurde. Man konnte aus dem Dorf ein gutes Stück hinaussehen, nicht aber in Nähe zu dem treten, was man denn dort sah. Und bald wird die Krankheit riesig, ja, überwiegend, so dass man sich nur noch in dem Zwischenraum aufhalten kann, tanzend auf den Gewässern, die zwischen Dorf und der äußeren Welt mit mal mehr, mal weniger Beteiligung aufgespannt sind.

Und im Stadtzentrum spielten Kinder im Schatten eines tödlichen Turmes mit ihren Geißeltierchen oder Perücken. Sie haben wildernde Wangen. Ihre Mütter haben helle Taschen.
Die Stadt war am Hang, nördlich des Zentrums, in Balkonen aufgebaut; lief man dort einige hunderte Meter weit, so stand man vor einer betroffenen, hohen weißen Kalksteinwand, die nur durch die direkt eingearbeiteten, schmalen Stufen überwindbar war. Der letzte Regen war nicht gestürzt und in

Kellerlöchern und Dachrinnen bildeten sich verstiegene Blasen auf Rinnsälen, in dessen Lauf sie forttrieben oder von großen Regentropfen wieder versprengt wurden.

Am dritten Tag des Wartens stieß ein Hund Alexandra an und weckte sie mit seinem traurigen, konischen Körper. Tödlich im Nacken. Die Lebensfreude bewegt sich zwischen ihren Händen, ein Bereich ohne Einfluss, eine Luftspiegelung. Matthius' Speichel ist das, denkt sie. Sie blinzelt in das Flussbett. Der Mann aus München - als ob er gehen würde, aber nicht aufrecht. Er stößt seine Hacken in das Wasser hinein und holt die Füße heraus und tritt in die dritte Archäologie, die besonders blutreich ist; seine Arme treiben auf Höhe der Wasseroberfläche und der Bauch ist kantig. Er sieht gewiss aus. Der grässliche Berg spuckt noch mehr Wasser aus, aber er treibt nicht fort.

Der Wind ermahnt die Ebene und ermahnt die Schäferhunde, die ihre Bewegungen dem Himmel geben, den die Schäfer trinken. Alexandra sieht die Schäfer saufen. An allem lehnt ein Tor, überall schnupfen die Schäferhütten. Schnupfen Eingang.

Als Alexandra durch seine Tür fiel, schnitt Matthius an einem Holzpferd herum; saugte am frischen Pferdekopf.

Alexandra blickt durch den Flur, der das Haus vollständig durchbohrt. Matthius betastete seinen Schritt. Seine Haut und die Hose sind matt. Aus seinem Mund fiel Schlaf.
Jenen, begann er, die die Frage offen hatten, warum ich mir diesen Beruf erwählte in der dünnen Luft des, bereits in Wolken ganzen Schnees und Gletschern, die Diebe verspeisen, hinauf gedrängten Bergpasses, so müsste man wissen, dass ich eine direkte Anpassung des Menschen an diesen Berg bin.
Ich trag die Berge, sie alle, wie eine Tätowierung. Wie ein dürrer Josef weine ich, wenn ich mich anfasste; wie ein dürrer Josef Stalin weint ein Mann aus drei Gliedern.

Matthius fiel feiner, schöner Speichel in die Schalsfasern. Er legt sich das Messer in den Schenkel.

Am fünften Tag des Wartens stieß ein Hund Alexandra an und weckte sie mit seinem traurigen Körper. Matthius' Speichel tropft aus seinen Lefzen. Sie blinzelt in den Ozean, stieg über die Küsten. Da ist er, der Mensch, aus dem Meer geboren - als ob er gehen würde, aber nicht aufrichtig. Er stößt seine Füße in das Wasser hinein und erinnert sich nicht. Er stellt für sich selbst fest, dass seine Füße nun Sache der Archäologie sei. Oder Paläontologie. Sein Glied drückt sich kantig in seinen Bauch, er sieht das gewisse Ufer. Der grässliche Ozean baut einen illusionären, roten Körper in seine Klüfte. Seine Erregierung sickert ins Oben ein, stößt an irgendeinen fahrlässigen Gott.

Matthius' Mund stößt an einen fahrlässigen Schenkel. Die Wipfel bereden sich in einer tieferen Abscheu, einer Abscheu, die tiefer gelagert ist, die zu Grabe getragen wird. Ein Wald, eine Galerie, ein Wald. Die Götter, die Artemis schlägt ihren runden Mund wie ein Fisch auf und blutet aus ihrer Liebe.
Sie richten die antiken Städte ein. Es gibt keinen Weg für die Wägen, aber für Wunder.

Sie weiß - er traf sie auf dem Felde in einer Art flach geschlagenem Atem als sie ihrerseits auf dem Felde der Arbeit nachging. Wenigstens Bedrohung hat sie gewollt; das Wenigste war es. Nicht länger im Besitz eines Namens. Matthius wusste es; während ihrer Taufe hielt er die Hand des Pfarrers.

Er erzählte, dass er einst nach Manila spazierte und dort einen Edelstein in den Sand einsickern ließ. Er stand davor, deutete auf ihn mit meinen Krallen und beschrieb ihn laut; wie sehr er angenehme Sachen über ihn sagte, *welch sonderbares Orange* (die Farbe des Raumes bei übertakteter Frequenz im Gehirn), niemand nahm ihn; er ging mit ihm heim.

Als ich wuchs, hatte ich mir, um nicht gewalttätig zu werden, vorgestellt, dass die Welt sich an ihren äußersten Grenzen nach innen kehrt.

Alexandra dreht einen Fisch aus ihrer Speiseröhre und lässt ihn in die Toilette fallen. Lässt ihn den Gebirgsbach hinunterträllern, lässt ihn auf eine karierte Wange in der grünen Bucht stürzen.
Er erfasst den Stock; mit einfacher Geste rückt er ihn zurecht. Sein Gesicht wirkt wie ein Pferd. Die Perlen raunten durch die Auen und fernen Wüsten; die Weiße verreißt bei Zeit

Wolken, die klumpig zerfallen; unsere Wohnsitze, unsere klaren Karrieren, unseren Unterhalt, Familien und Menschen, absolut klaren Menschen, den Bestimmungen.

Am dritten Tag des Wartens stieß ein Hund Alexandra an und weckte sie mit seinem traurigen konischen Körper. Matthius schluckte.

Wir vergaßen es; es war eine malerische Szene vor dem Panorama eines großen Gebirgspfades, als er die Aufgabe seines Geschäftes anzeigte. Bei Sonnenuntergang schritt er ihn gelegentlich ab.

(Trockendock)

Nackt war ich. Ich wusste, dass jetzt, wo die Zeit wirklich in der hinteren Hand auftauchte, keine Kleider mehr nötig waren. Ich zog sie von Ort zu Ort aus, immer ein zufälliges Teil, das ich immer vorne am Bug deponierte, von wo es aus seine Reise selbstständig weiterführte.

Nackt und voller Schweiß. Verwirrt durch Klarheit schritt ich die ehrwürdigen unteren Gänge ab, von wo aus ich von mal zu mal den einen oder den anderen Raum betrachtete, übersättigt von aufgeschobenen Bildwerken, Kronjuwelieren, welche Kronleuchter vom Deck her nach hierhin führten und in umgekehrter Sitte, und zuletzt auch einigen Kohleträgern, die ganz aus dem unreinen Stoff des Tages gemacht worden waren (voll mit erdigem Land). Der prächtigste Unsinn, unsere Marotten, waren hier aufgelaufen. Wir waschen unsere Gesichter mit Waschbecken. Wir reiben uns klar. Kupfermänner steigen aus der Tiefe; von hier kommen wir sobald nicht weg.

Die Vanille unserer Felder duftet nicht, stattdessen faltet sie ihre Blätter in den Himmel; die Vanille unserer Felder betet. Die Kupfermänner sagen, sie ziehen das Boot in den Hafen oder sie ziehen den Hafen in die Erde. Spinnen mit fehlenden Gliedern verirren sich in Labyrinthen aus Schwielen. In den Gesichtern, die den Schwielen gehören, zittert der Schweiß. In wahren Sklavenreihen rollen die Liebhaber auf das Schiff und rollen hinab; sie verraten in ihren Ohrläppchen, dass wir sie langweilen. An der obersten Nadel rollen sie sich zwischen den Vereinigten Staaten und Südafrika auf die Seite und bleiben artig liegen oder springen in einer ungebildeten Art umher wie Fische an Land; schließlich kriechen sie zwischen den Lippen zweier Nationen heraus und legen sich zwischen die haarlosen Lippen einer einzigen Nation. Dieser Kreislauf hält teils tagelang und man sieht immer dieselben Gesichter. Es ist ihr Recht und es ist ihre Langeweile; es ist auch unsere.

Manchmal lege auch ich mich in die Lüftungsanlagen der Kombüse und schwebe über der

Küchenzwanzigerin. Wie diese nicht-käsigen, sondern einfach nur vergessen-weißen Brüste gebaut sind, frage ich mich. Ich summe wie eine Fliege. Meine Lippen sind trocken und ihre Haut spannt sich zwischen ihnen auf wenn ich sie öffne. Auf einer Lippe schwimmt das Schiff, nein, darauf liegt es, ein Luftkissenboot, einen tonnenschweres Luftkissenboot mit den Vereinten Staaten, mit Südafrika, mit Korea, mit Großbritannien, mit Spanien. Und man überlässt die uns; es ist ein Glück, dass wir nicht haben wählen müssen. Allerdings finde ich, dass die Vanille durchaus duftet, aber das sage ich lieber niemanden, denn dass sie betet, das sehe ich auch. Die Männer wollen Freigang, doch das gestatte ich ihnen unter den geringsten Vorwänden nicht. Sie rennen über das Deck und schreien, sie wollen Freigang und ich röhre aus meinem Lüftungsschacht, so weit soll es noch kommen! Unsinn. Sie legen heimlich ihre Ängste in die Container. Man möchte sie am liebsten im Schiff ertränken, man sollte sie vom Wasser werfen in die Tiefen des Schiffsbauches. Sie ertrinken und werden zu noch mehr Kupfermännern, um des Himmels Willen -

Frost manifestiert sich auf den Gewässern. Wir proben den Schlaf.

Manchmal, wenn die Küchenzwanzigerin zu Werke ist und den Rücken am Lüftungsschacht kleben hat, krieche ich daraus an ihrem Rücken entlang hervor, ohne dass sie mich bemerkt - einen ausgewachsenen Mann! Ich hob die Hand der jungen Küchenzwanzigerin, mit blonden Haaren kurz, entgegen; sie zwang sich selbst prüde entgegen meiner Vermutung und dem, was immer zuvor geschehen war, wenn ich wieder ein wenig nackter entlang kam.

Ich gebe zu, dass ich abends zu den Gesängen der Nachtigallen onaniere. Hernes trockene, aschene Haare behalte ich hinter ihrem Rücken im Mund. Hermetische Herne. Das gibt es einmal, einen Namen! Fliegt wie ein Glas ins Gesicht.

Das ist es, denke ich. Es regnet; ich habe einen stinkenden Schirm in meinem Herzen, das macht nichts. Nein, sagte ich, nein, so ist das alles nicht. Ich verfluchte meinen Mund; ich rieb Worte tief in die Wunden babylonischen Geschwätzes, die mich umgaben.

Ihr dürft eine viertel Stunde ausruhen, rief ich.
Psst, Herne, was willst du mir sagen? Ich soll
dir was singen - was sänge ich dir schon? Ich
singe nicht; ich nehme mir einen Mund; er be-
dächtig zu halten. Nackt ist er nicht gerade.
Wie wäre es damit:
Lässt du uns jetzt gehen? Wir sind Logistiker;
es gibt noch andere, die benötigen unsere
Dienste.

(Die Ebene)

In Abend gekleidet steht sie vor der Tür. Einen Mund wäre es gewesen für die gestrige Matinee. Margarete muss gehen. Bespucken wir ihr Haar; was für eine Zeit! Sie ist hohl, nur das Gehen ist ihr geblieben.

Einst noch war sie zu beschreiben über den Öffnungsgrad ihrer Augen und ihren madonnischen, zerzupften Achseln. Nachts dazusitzen und ihrem Schlaf alles, aber auch alles zu erzählen; der Schlaf glaubt leichter, weil das Stille bitterer ist - die Ärzte schenken uns viel vom Bitteren und behalten sehr viel von den pragmatischen Hässlich- und Übergewichtigkeiten, das macht ihren, für sich einsamen, Schrecken aus. Margaretes Schlaf glaubt mir alles außer was ihr geblieben ist; ihr Schlaf glaubt das Gehen nicht.

Die Fliegen stöhnen im Fänger; langsam bewege ich meinen Zeigefinger über sie und decke sie mit Harz zu. Ich decke auch die Weberknechte in den weiblichen Zimmerecken mit Harz zu, selbst die flinken Mantiden bewege ich in den harzigen Schlaf. Löwen und

Felsen vermähle ich leicht. Das müde Land verwandelt sich leicht. Margarete allein war immer schon darin; ein vergessener Teil der Umschöpfung.

Ich bin traurig, sagt Margarete, wenn sie wach wird – als ob mir die Übung darin fehlen würde. Ich gebe zu, dass ihre Angst ehrlicher ist, denn meine Wünsche geraten zunehmend finster. Gelegentlich, wenn ich heimkehre, wischt sie den Tisch. Ich weiß nie wie lange sie damit beschäftigt ist. Ich versuche nicht daran zu denken; ihr Kreuz ist dünn, ihre Plagen sind für mich schon unerträglich, warum sollten sie es gerade für sie nicht sein? Ihr Leben ist wie eine Stirn, leise setzt es sich im Asphodeliengrund meines Daseins ab. Ich denke, dass es besser wäre, ewig zu leben, doch das isst sie nicht. Sie findet Spinnweben auf ihren Tellern. Ich lege ihr keine Spinnweben auf die Teller, sage ich ihr. Ich lege ihr keine Spinnen auf die Teller, sage ich ihr. Ich sag' ihr, es ist die Maserung, gemacht habe ich sie nicht, die sind von niemanden. Sie greift und zerrt dem Tisch an den Schenkeln. Niemand macht nichts. Die Maserung hat keiner im Griff, sage ich ihr.

Die Ebene hat einen Bauch, der von unten golden angestrahlt ist und wie Buddhas Urna glänzt. Stierige, gelbe Felder auf die Pagoden gehören. Und Rosenbüsche, die wie Blutröcke sind. Die Ebene ist ein Kosak. Ich gehe gelegentlich ins Fontainebleau; jedem dort gehört Blut. Es ist unnötig zu sagen, dass das Fontainebleau voller Deserteure ist und dass am Abend Himmel und Gestade auf die traditionellen Straßen gekehrt werden; zeige ihnen das Cor im Gewebe und sie verschließen ihr Gesicht nach dem sich immer noch umgedreht wird.

Margarete ist zu schwer erkrankt um mich in das Fontainebleau zu begleiten; wenn sie überhaupt draußen erscheint, bepisst sie das Gras. Der goldene Inquisitor schlägt den goldenen Buddha tot; eine kleine, verspielte Historie mit Fieber. Insgeheim liebe ich ihr Fieber. Ich genieße den Ausblick auf die Moration ihres Gewebes und das - glücklicherweise - unaufhaltsame Inferior der unmenschlicheren Kapazitäten, die uns ausmachen, die stetig, in der Absolutheit, kalt bleiben und eine Brühe Mensch bereiten. Nichts könnte mich mehr verbrennen; ich würde dastehen, im Hof des

Domes und sie, in einem Rollstuhl niedrig vor mir - ein Lichtstrahl springt über die Religion, stößt an die Prunkfenster und fällt durch unser beider Hirne.

Aber sie näht meine Wünsche ein; ich kann ihr drohen, dass ich ihr die Finger breche wenn ich sie nähen sehe, doch ihre Rippen fühlen sich wie Messer an und der Kopf ändert sich. Und deswegen muss ich die Zwiebeln aussetzen, die ihre grauen Augen sind. Ich habe mich gesehen, wie ich sie ins Gras werfe - silberne Augen im goldenen Gras ihres eigenen Ausgeschiedenen, was für eine Genugtuung! - und wie ich die Tiere beobachte, wie sie sie verschlingen.

Mir fehlt der Beweis. Ich kehre um, lege ihre Haare beiseite und ihr rundes Gesicht hebt sich mir als Blumenstrauß entgegen und ich erschrecke, ich verfalle in kindische Angst und seufze mich in den nächsten Morgen hinein; und das Spiel wiederholt sich. Ihr dürrer Körper geht ins Gras und pinkelt, während ich den Zimmerblumen ihre Blüten ohne Messer und Reißen abnehme. Nur so gehören sie mir.

Immer sage ich mir: Heute wird Margarete gehen. Besser noch, ich werde sie ausschließen; draußen steht ihre Scheide im Gras.

Ich zöge ihr den Nebel über die Schultern und sie hielte das Eis der Bäche für ihre eigenen Sohlen. Die Steinstrände würden vom Lärm behalten und Gebirge in Mäntel verschlossen. Nur so, sage ich, ruhig, ernst. Sie soll warten bevor sie den Raum der Klinik vollkommen aufstößt, sage ich ihr. Sie soll nicht erwarten, dass die morationslosen Straßen aufstehen würden oder jenes, das ihr in der unmöglichen Höhe verloren ging, in der Ebene: Der Fels, der Schlüssel.

(Himmelslob)

Das Himmelslob steigt von hinten her über das Abteil.

Wir tranken Kognak mit dem Küchenchef und er empfahl mir sanft und drückend einen Formage al Anet mit etwas trockenem Brot. Im südlichen Fenster bewegen sich die Bäume in ihrer tief greifenden Verwirrung. Er dreht einen Schirm. Wo er ankommen wird, wo er auch immer hin will, sind die Schirme größer als die Kathedralen, denn, wo immer er hin will, sind die Kathedralen klein. Im Sinn der Sonne wären sie stehen geblieben. Auf den Monitoren bewegt sich S. Janes stumm; verschiedene Leute, ihre Freunde, werden ihr an die Seite gelegt, wie Flügel. Er schweigt über die Lämmerwirbelsäulen im Stahleimer, meine Güte. Sein Schädel ist derselbe. Osmotisch bewegt sich das Nordfenster über den oberen Arm. Er sieht fürchterlich aus, ich presse mich in meine Bank und zerdrücke eine Hornisse, denke: richtig, wähle deinen Platz nach dem Insekt aus, das du aus den Leben dafür nimmst, das du dir für das Später vorbehältst;

stell diesen berühmten Mann des Vertrauens dar. Er wartet, wer ihn ruft. Man sieht einen Mann ins Abteil stürzen mit salzigem Gesicht; der Schaffner eilt bereit um es zu beheben, er schärft den Frauen ein: bitte, Madame, seien sie nicht schadlos, er fällt.

Wir gleiten, in den Taschen ein wenig Earl Grey. Im Fenster bewegt sich ein Schreiber; dessen Denkfalten wirken wie Barthaare; ich verstehe nicht, warum er es so aussehen lässt. Er verweist auf das Ende des Abteils. Er schreibt aus Jugend; er tritt als Kind auf Mühlendächern auf, welches sich den Samen auf den Bauch stürzen lässt. Fliegen als Ideen des Fleisches und kalte Birnen. Orleans und Madrid. Wir schlürfen das Obst als wären wir ein Himmel, der den Samen von Jugendbäuchen saugt. Er denkt an Raupen und verschmierte Fenster.

In den Fenstern stehen jetzt die Tage des Landknechts und seiner Landknechtsstirn. Ihnen fällt der Himmelslob aus dem Schoß, der geliebt wird ohne Unterlass. Sie können nur beten, dass wir die reine schwarze Wand der Nacht verfahren lassen, dass die hungrigen Äste die Schatten erwürgter Dohlen aus dem

Himmel holen. Fresst uns Gespenster aus dem Herz. Zwischen den feinen Revolutionsnasen werden Drohnen zu Dämonen überwältigender Vorstellungskraft gebaut.

Eilig steigt der Himmelslob vorne vom Abteil als sich unser Leder Ausblick allmählich schließt.

(Feiertagsapokryphe)

Augen schließen um hindurchzugelangen, das
Gehen durch die heller gewordenen Alkoven.
Aromen (wie in Chitin erwählten Skarabäen)
aufzurollen und aus dem Gaumen heraus
gartenhungrige Entzweiungen auf die Lippe zu
spitzen.
In der Nacht aber nichts als die Aorta;
Stachelobst in silbernen Geschirren drängt zu
der Erfindung der (holozänen) Gabel. Interakt.
zwischen bewegungslosen Modellinstanzen
stehen auf dem steigendem Brett; der Mund so
roh auf dem Knochen der Wange, der Augen-
braue; er war Zeus wie auch der entmannte
Uranus; in ihrem üben sich projizierte Heka-
toncheiren auf Reis-Encroulage; schön die
Karkasse in ihrer stillen Dienlichkeit der Phan-
tasie
        I) Bras
Äderungen, die Anzeichen eines langlebigen,
nutzlosen Affekts; Encroulage: einge-
schlossener Kalvinismus, innere und äußere
Temperaturunterschiede, sachliche Bestands-
aufnahmen der, dem jeweiligem Menschen zu

eigenen, Tendenz Mutmaßungen mit konstanten Auswirkungen auf die innere Darstellung hervorzubilden

II) non

später: Signaturen der Lebensformen in den jeweiligen Diamantstrukturen, „rundere" Getränke; in ihr verortet betrachtet er eher streng anti-Calleiopäische Tendenzen; im Hintern wuchert der Krebs;

blinkende Flasche ermutigenden Krebses!

Scherze über verhungerte Schattengewächse; der Verlauf der Haut wird verkehrt, die Hand findet sich in Blättern grünen Kohls wieder, sachliche,

IX) la cul, coeur inhabité

der Funktion gemäße, schnelle Eigenbefriedigung; die sachliche Qualität wird im Ausbleiben der näheren Beleuchtung zunächst konkret; Highlights gegen Blindenschmuck; Auftreten des Verrats in Person: Kugelschreiberfedern, Bleistiftminen, Tintenkanülen.

Nach der Encroulage nur noch Venen; nun werden also doch noch Netze zum Verzehr angeboten; der Protokolleur muss dank Übelkeit auf die Terrasse hinaus. Auf der Wiese

verfaulte Äpfel, in den Äpfeln sind die vorüber
ziehenden Strümpfe

      XII)   coeur inhabité

      XIII)   coeur habité

Gebackener Lachs, darüber zugeschrien, wann
beendest du dieses Heucheln (- und es geht
noch weiter -), wie ist es darin. Opportunist.
Alles zugefallen, usw.

Nichts zu unrecht, nichtsdestotrotz bleiben die
Sitzflächen erhitzt. Im Ofen verkohlt für einen
Moment die Stadtmauer

und es wird ernsthaft erwogen Geld für eine
feste Stelle zu entrichten. Aber dann im Aus-
klang ist alles wieder ungültig; es gibt keine
Erfindungen,

      unbewohnte Objekte

(Libellen)

Die Fliegen haben mir schon besser geschmeckt; bringt mir ihre dummen Gesichter ungesalzen, denn im Morast, dort ist noch was los. Die guten Arbeiter haben die Schwielen in ihren Händen geschenkt bekommen und Schleifsteine in hohen Ladungen. Wir tun es, weil wir die Freude gerne auf ihren Gesichtern sehen und uns darauf beziehen.
Zwischen Schattenrauch begeht sich gut das Museum der schlürfenden und rülpsenden Flaschenkorken. Die Philodendren streiten sich mit den afrikanischen Masken, das ist von Weiten zu erkennen.
Wir müssen die Fenster streng behüten.
Im Schattenrauch redet Konrad mit brutalen Imitationen von Schnäbeln, während die Nacht, unser aller Opfer, mit Bedenken und einer wirklich herben Melancholie, allerdings mit funkelndem Pflichtbewusstsein, sich auf der Terrasse zerschlägt. Man müsste hier schon ein tibetanischer Schlangenmensch sein um aufzupassen; Husten, eine Meile. Der Wind wird zu wehenden Salz, was mit einer

allgemeinen Abkehr murrend in den linguistischen Mahlstrom einbezogen wird.

Eine breite Gruppe hatte akzeptiert mit ihren Eseln durch die Fallgruben vor dem Tempel spazieren zu gehen. Irgendeiner hat gesagt, man solle immer schön dagegen halten, aus einer Achselhöhle heraus. Aus einer nackten, verschrumpelten Achsel. Oh ja. Eine Träne zerbricht mir das Hemd. Oh, wir wehen, oh Linda. Lindamit.

Pascha. Dreckiger Pascha. Die Irrlichter spazieren in den Sümpfen und drücken ihre Gehstöcke wie Feuer durch. Die Wachen sitzen mit Bieren außen im schwarzen Hypermakrokosmos; die sind für 60 Cent gekommen. Zwölf Biertrinker, jeweils 60 Cent macht 7,20 für steinerne Freischärler in den finsteren Katheten, die sich um die Flügel der Krähen drücken, welche Samen aus den Blumenkästen kratzen. Grün glänzen die Bierflaschen.

Jemand hält das Lied an.

Sie wollen ihre Kurzmäntel und Fackeln. Die Wange führt es am aufgeschlagenen, schwarzen Hemdkragen entlang und saugt sich

voll mit Duft. Sandig sind die Weinmünder;
die Flöte blitzt. Das Portal mimt kalt infrarotes
Adamant. Sie sind alle in kleinen Blüten hier
aufgereiht.
Halt die Klappe! Käse, Kirschen, Salzlake.
Verschlinge die Rosenfalten, wie eine Hand
den winzigen Mond.
Ein Bier für den Gastgeber. Sein Mund in eine
verschlossene Mundharmonika. Hier, bitte.
Pascha. Dreckiger Pascha.
Seifenschwanz.
Bio-Lumineszens.
Seifenschwanz.

Gaspard. Gaspard;
nick dazu nur seifigen Frost, so ist es richtig.
Der dreckige Pascha,
für ihn die Fackel, so ist es richtig.

deine Augenfessel;
hat der zweite Gast seinen Hut gegeben?

hat der dritte Gast seinen Sekt gezahlt?

hat der vierte Gast den Verstand gehabt?

hatte der fünfte Gast:

die Dias von Peru, Küstenwüste, Ausläufer aztekischen Charmes?

Reiche die Hand her;
Wenn wir die Fackeln nicht halten, nein, wenn die Laternen nicht mehr brennen, dann kommen die Libellen. Die gefräßigen, saufenden Libellen. Die lüsternen Libellen. Die dreckigen, schwanzlosen Paschas: Libellen. Wir müssen die Libellen verbrennen. Wir müssen den Libellen nicht erlauben ihre Finger auf ihre Ochsenaugen zu legen.
Wenn die Libellen gesoffen haben, müssen wir sie auf jeden Fall von den Schlafzimmern fernhalten!
Wenn wir die Libelle finden, wenn wir nur die Libelle finden würden.

Die Libelle hat sich im Äther selbst zerschlagen
Kaspar nickt
auf ihrem Seifenschwanz
Nein, Kaspar, diese Fliegen schmecken dir nicht!

(Der Säulenbauer)

Er wischt sich die schmutzigen Hände in seinem Kittel. Sie sind Psalme. Sein Gesicht scheint kurz zu leuchten, dann verschwindet es. Dein neuer Adonis ist traurig geworden, sage ich und mein Zeigefinger deutet einen Kanal im Himmel. Der Adonis, von dem ich spreche ist marmorn; Adonis verlegt das Gesicht in seine Hand. Manuel befestigt seinen Mund an seiner abgelegenen Wange mit bedauerlicher Teilnahmslosigkeit. Dass es mich stört, sage ich nicht. Ich denke, wenn nur die Hälfte aller, durch den Menschen getroffenen Mutmaßungen wahr sind, die Welt der Unendlichkeit ja nicht unähnlich ist, oder kurz: wir bewegen uns hier mit Allem auf dünnem Eis (womöglich auch wie Maria Sharapova auf Sand). Der Adonis, mein Freund, verkauft sich heutzutage nicht, wenn er eine glückliche Miene macht, antwortete Manuel.

Hundertfüßler schwirren am adamantroten Grund und verschwinden in die vereinzelten Grasbüschel. Der Tag, der über alle Nächte herfällt und sie uns kurzerhand ausräumt wie ein Dieb, so sicher, dass er zwischen den Zähnen eines Kamms entlang zu wandeln vermag. Ich will jemanden besiegen, Freund, sagt er jetzt, ohne Freundschaft; eine Weile hielt er sich selbst den Mund dann er richtete er ihn gegen den strahlenden Terrassengrund; er kennt sich selbst zu gut, denke ich. Das kommt, da der Himmel derart stiert; wenn der Himmel stiert, heißt es, dann ist eine Wiese ein Pferd, das nicht frisst. Oder ein Esel. Hast du das verstanden, überzeugte er sich nach einer Weile; es liegt so klar wie ein Traktat vor mir, sage ich ihm. Ich grabe eine dünne Plastikschiene in Weißwein-Mousse. Ich suche meinen Mund und Ouroboros in einem verklebten Pappbecher. Jede Wiese ist ein Pferd, das nicht frisst. Und, früher oder später, springen dort zunächst Hundertfüßler, dann, wenn die Grasfläche nur lang genug dazu ist, kriechen die Tausendfüßler in sie. Schlafen aus einem Licht aus Nichts. Das Nichts ist weich. Und es wird grundsätzlich bei erster Gelegenheit entführt. Etliche Tage ohne weiteren Schlaf. Das Licht aus Nichts liegt wie ein Welpe vor dem Samstagabend und der Hals wird ihm durchgeschnitten. Unmittelbar danach aber kehrt es heim, kommt aufs Neue angetrottet.

Die Tausendfüßler kriechen solange in den Grasbüschel, bis du ihn ausreißt; dann sprichst du mit den Säulen; dort oben eine Figur, so plastisch, dass du seine Lungenoberfläche vorbehaltlos so groß wie deine empfindest, mit einem platten, elefantösem Fuß auf einer Erde, auf der Pferde und Esel kein Gras fressen. Manuel verschiebt einen Finger in die Braue. Jeden Tag an dem ich aufwache, hier unten auf der Erde - morgens ist sie gelegentlich golden - ist mir nicht kalt. Ich liege morgens in der Haut und bin sehr gemäßigt. Schnell gleitet seine Hand über seinen Kittel zu den, trotz seiner vor wenigen Monaten noch schwärmerischen Gesinnung, nüchternen, nahezu protestantischen Gesichtszügen zurück. Immer nur das Graben im Gesicht zu haben, den Schädel als Baustelle, lässt jeden alt werden. Der Fingerzeig des Adonis scheint sich in jedem möglichem Winkel auf tatsächlich Manuel richten; Manuel steigt auf keines seiner Gerüste, da er weiß, dass er sofort die Hand des marmornen Adonis im Gesicht hat.

Die glücklichen Adonisse werden zurückge-
bracht, weißt du, sagt er, immer langsamer im
Sprechen werdend, sie kommen immer am
Sonntag zurück; früher, als ich sie noch versuchte an den Mann zu bringen, meist gleich
mehrere mit Lieferwägen. Nur wenn ich
nachts auf der Erde liege, bis sie kalt geworden ist, aber nie mehr so kalt, wie sie noch
vor kurzem kalt wurde, und morgens solange
liegen bleibe, bis sie ein wenig warm, aber
nicht übermäßig warm geworden ist, dann
werden sie behalten. Bis ich nichts mehr aus-
halte, bis ich aufgrund der mäßigen Kälte und
der mäßigen Hitze nicht mehr weiß, was ich
bin.
Er hatte den Ärmel seines Kittels verkürzt,
merkte ich. Ich ließ meinen Hals und das
Handgelenk knacken und sah lange auf die ab-
solute Spitze seines Kopfes, sagte: du warst
immer sehr freundlich, aber nicht sehr dankbar, mein Freund. Manuel lachte mit At-
mungen. Ein Dämon ist alles außer Materie;
seine Materie ist im idealem Fall, mutmaßte
ich und schob den Pappbecher in einen Papier-
korb unter dem Tisch ohne von der Bank zu
gehen, exakt ausgeliehen. Nun gut, ich bin
dein Freund, ich werde hier sitzen bleiben, bis

du besiegt worden bist. Mach mich früh genug nur darauf aufmerksam, dann werde ich sogar zusehen. Er bedankte sich eilig, aber ich habe ihn dabei nicht ins Gesicht gesehen.

Solange Adonis sich an ihn heranschleicht, darf niemand etwas sehen, es wurde bisher noch keinem Menschen gestattet.

Wenn ich schnell die Augen zupresse, werden sie länger geschlossen bleiben; Adonis erlaubt schließlich kein Gerüst, er muss von der 5 Meter hohen Säule selbst herunterklettern und das, ohne dass man ihn hört, denn auch das ist noch untersagt. Er wird sich etwas einfallen lassen müssen, aber daran zweifele ich nicht, denn er ist wirklich traurig. Ich lasse leichter die Lider geschlossen, wenn ich eine Remineszens an Manuel stattfinden lasse. Ich habe ihn im Kopf; er geht im Schädel; die Pupillen verlaufen auf seinen Augenbällen während er die Bänke Knochen wäscht. Seine Bank ist nicht verklebt.

Ich denke von dir, Manuel, dass du am unteren Fuße einer weitreichenden Karawane stehst wobei dein Gesicht zermürbt ist. Dass du mit deinen Fingern spielst als wären Ringe daran. Dass du deine Brauen rasierst, damit zu Zeiten, wenn die Sonne am höchstem stehst, kein Schatten in der Pupille ist, und das Augenweiß zieht wie ein zartes Äderchen hinten in den Kopf hinein.

(Die Sonnenfurche)

Das blaue, reinliche Trockenwasser des Abends drückt; ein Magnatsskalpell auf einem Eck aus Kork.
Die Himmelfrau; ihre Waden sind aus flammenden Bast.
Die Himmelfrau fragt jeden, wer das ausgewaschen hat. Sie deutet auf ein Magazin auf dem aschefarbenen Grund.

Stur streichen perlmuttfarbene Schnecken über die Straße aus Dampf. Der Wind schluckt die Teergrube, es singt ein Loch in der Erde. Die Himmelfrau hat einen Jungen mit einem schiefen Daumen angehalten, während diejenigen, die aus einem akuten Anlass heraus die Suche und die große Prachtfahrt der Göttin Artemis herzustellen in Begriff stehen, eine Castella vergeuden; ihre goldenen Augen sind voller Narben in Formen kleiner Gabeln. Die Liebe zu einer alten, gebräunten Dame sei unschön; ja, zwar hat sie Borreliose, aber *sieh* sie dir an, damit spielt sie! Sie *küsst* die Borreliose.

Pochpochon; mein Mann bist du schon faul?
Das Magazin zerbricht, der Junge staunt.

Mezänus lächelt, mein Liebster, das Licht rückt in die Windflasche, bist du des Wahnsinns. Die aufgeschlagene Rum-Anzeige ist nun eingelassen in das Angesicht des Grundes; die karibische Frau ist eine Madonne im Spiegel des Äthers; es ist zu leicht.
Der Krumme sagt, es ist zu leicht, sie Erdfrau zu nennen; die Himmelfrau wischt sich die Borreliose mit einem Schwamm aus Fleisch. Er ist zu leicht, sagte der Physiotherapeut Mezänus, der Kopf, er soll machen, dass er schwer wird. Nichts leichter als das, sagte Mezänus; er presst etwas heißen Rotz aus dem Hals, bevor er weiter spricht. Er sagt ihm, dass er alt und durchaus ziemlich gebildet sei, sich nie trügen ließe. Er erzählt ihm, dass der Praxisraum sich zunächst allmählich im royalistischem Azur und Purpur voll sog, nun sich aber ein gelber, drachenförmiger Schein bereits seit einer halben Stunde, stetig intensiver zu wachsen scheinend, auf dem Gesicht des Physiotherapeuten sich hervorbildete.
Auf die Fliegen in der Grube steht die Sonne, sagt er, das hat es ewig nicht gegeben, nicht,

seitdem die Himmelfrau davor gestanden hat. Die Fliegen wissen jetzt über die Vorgänge der Geburt; am Abend werden sie allesamt fort sein. Sie wollen sich in die Sonnenfurche legen, im Gesicht des Therapeuten.

Mezänus Kopf ist so schwer geworden wie Granit. Sie werden ihm den Drachen aus dem Kopf trinken. Die Schnecken trinken die Erdfrau aus dem Grund; der Junge mit dem krummen Finger nimmt die Anhöhe zur Praxis; seine Beine bleiben stur gegen die Schatten der Pinien.

Die Himmelfrau wäscht sich das Gesicht in einem Brunnen, sie geht umher und, als der Abend erloschen ist, legt sie sich die goldenen Schnecken auf die Schenkel; sie kriechen hinauf und verschwinden für die Flüchtigen auf der Suche nach der Göttin Artemis unter dem Himmelsrock. Die Flüchtigen haben übermenschliches Glück, denn wohlbehalten taucht sie, Artemis, aus dem Schatten des Pinienwaldes auf. Sie ist wohlbehalten, nur die Fersen, sagt sie, hat sie sich gestaucht, geschehen beim Betreten des Zuges in Asine.

(Murmillo)

Im dunklen Raunen schließt sich die Zeit; unter dem Himmel zerfallen die Thraker. Kräuter füllen das Gesicht auf. Am Ende der Nacht sitzen die Portiere in der Askese des schönen Narcissos.
Wir nutzen kein Wort darüber. Wir sahen die anämetische Früh und den Schnitt im regnerischen Konvuls.
Wir gehen nach Libone.
Vor der Nacht tragen sie Kühlkränze; sie tragen sie mit der Todessehnsucht. Sie beginnt.
Sie reiht sich in die Aggregate auf, trinkend an der großen Emulsion des Lichtes und des Nichts; Plagen, Auszehrungen der planetaren Enthüllungen, und der schwarzen Löcher weicher, entformter Gesichtsvermengungen. Vor und zurück steigt das hypnotisierende Siegel der Löwenbesteiger aus Libone. Ihre Blicke stürzen hinab auf Kinderaugen-Kelche und dem *Wüstenlilie und ich!, Ein Schlafwörterkraut!*.
Ihr Auge ist ausgehöhlt; die Höhle ist tief. In ihrer Augenhöhle scheint gelegentlich das

Haus zu erscheinen, vor dem sie sitzt. Sie ist prä. Gegen Blutgeld vertauscht sie ihre Gestalt mit dem Ursprung; gelinde gesagt, ist sie schöner als die Zeit. Für sie reicht ein einziger Moment; den trinkt sie ganz. Unter der Nacht die Thraker.

Am Ende der Nacht warten die Portiere, die Knaufaufnäher und die gebratenen Wachmänner mit runden Zuckerschrumpfköpfen am Bauch, selbst mit geschlossenen Köpfen, selbst ein Schloss. Sie sitzen zwischen uns und Libone, mit körperlosen Leberflecken und verdünnten Likör auf ihren Caliban-Hemdchen. Sie liegen mitten über den Dächern; sie tauchen in sich ein. Unter ihnen, in der Gasse, ermüden die Tiere. Sie haben menschliche Lenden.

Sie, vor der Nacht, ist ein Dämon. Gelegentlich beginnt sie unvermittelt sich selbst Namen zu geben wenn sie betrunken ist. Schwarz und Weiß bin ich; ich zerre getrocknete Krebse durch die flachen Gartenteiche. Ich habe eine weißrussische Nase, Gegengifte, ein einziges Lied und Ernst in meiner Seele. Ich flüstere ihr zu, vor dem Haus, wo jeder von ihnen es sehen kann, aber Angst besitze ich nicht. Ich bin in unter der Nacht. Ich lecke astrophobisches Salz von ihren Zehen wie ein Hundekörper oder ein Kaskadenkrebschen. Trocken wie Büffelhaut. Kleinlippenbekenntnisse zwischen den Alkoven und Kornklippen; Waliser Inseln mit Klöstern.

Sie ist vor der Nacht. Sie bittet auf die Veranda und drückt uns in ihr Fleisch. Ihr Blick ist ruhig dabei, sie erfasst uns im Moment unseres Ergusses. Lächelt sachlich, schneidet uns die Köpfe vom Fleisch des Halses, lässt sie zu Steinen erstarren, wirft sie auf einen Haufen, bis dieser sich über die Nacht türmt.

(Kalai's Brief)

Samantha, lass dies eine Liebeserklärung für dich - oder gegen dich - werden. Gewissermaßen liebe ich dich beharrlich, deine verspielten Haare. Ich habe jede Frau schon sich so kümmern sehen, wie du es tust, weil du beflissen bist; höre: es ist rührend, und es ist eine wahre Verschwendung. Du musst grausamer sein, Samantha – profane Junioren beißen in gelbes Eidfleisch, das macht mich kalt. Du wirst uns noch eine Menge russisches Gold aufessen müssen - sei es nicht politisch, so musst du es tun, weil russisches Gold alt ist. Wir stehen im Appartement; noch unten, kurz vor dem Betreten des Parterre zerdrückst du Insekten mit einem Stein - ich wundere mich, was es bedeute. Die Art wie der Panzer knackt, sagst du, ist ein Odem wo alles hinführt das gut ist, und die Droge, die du nimmst, wird eines Tages Chitin sein. Ich kühle die Felder und fahre die Nacht ein, Samantha. Du schlägst den alten Herren, im viertem, oberstem Stock sofort nieder, ich schleudere das Biest auf den Balkon und sieh: seine Stirn erregiert, da er stark aus dem Mund blutet und zusehends aus dem Blut mündet. Ich bin sehr widerstandsfähig, sagen er und ich, und es ist nicht, weil unser Holz hart ist. Hart ist es zwar, aber vor allem befindet man es als sehr elastisch. Ein Narrenbalkon, das ist dein ganzer Gesprächsbeitrag gewesen, geholfen hast du vor allem durch das obszöne Reiben der Hand über den Hintern, durch deinen dicken Ring, durch das Klacken. Wir haben Uhren schon seit Monaten nicht mehr gehört, Samantha; das neue Jahr war nicht gekommen, als das alte starb oder ging. Silvester war eine unangenehme Sache, eine unangenehme, fast militärische Situation, die ihren Schmutz reuen lässt, wenn er zeiht. Ich lachte damals, Samantha, ich lachte aus vollem Herzen; ich dachte, lass mich einen Krieg gegen sie führen. Gegen ihre Gesichter. Und auch du weintest, Samantha. Menschen sehen doch nicht wirklich so aus, gurgelst du aus einer trockenen Kehle, warum tun sie mir das an, warum nur sehen sie so hässlich aus. Ehrlich gesagt, blies ich dir in das Blut, ich kann sie nicht einmal auseinander halten. Ich trete gegen deine Nieren; ich denke, dein Wachsein ist ein Kondensat deines Schlafes. Sie sind nicht einmal Schminke am Leben, kratze ich dir zu und ich starb, Samantha. Kalai, wir trinken Kaffee. Ich schlag ein Buch zu und ich schlag dir nicht die Bosheit aus dem Schädel. Bezahl Rosalie mit einer Kalknadel. Hab bitte genug Mund. Sieh die Raben auf dem Felde, sie sehen Recht schaffend und gottesfürchtig aus; aber wie will man sie zur Hand haben? Wie wollen wir die Tage einem Soldaten gleich aufziehen? Von oben stürzt die Liebe und unten schiebt sich das Land hinein? Samantha siehe mich ein zweites Mal derart an und ich vergesse mich. Ich vergesse dich bereits jetzt; sitze in den Cafés, sehe unter Chat Noir zu jung aus, ändere meine Figurine, bis ich die finde, in denen ich mich dir am Besten noch vor Augen führen kann. Es geschieht meist im Winkel des größtmöglichsten Kontrastes und unter dem Schmutzfleck an der Decke, über den jedes Café verfügt. Ich schwebe in diesen Diskussionen herbei; siehe, Samantha, jeder ist faszinierender als der andere, Sagen knüpfen sich darum und jedes Café weist mit einer aufreizenden Staffierung auf ihn hin.

Ich sehe dich wieder, Samantha. Hier die grotesken Gestalten - ein Feuerwerk. Es ist Gewäsch, weißt du? Die Welt ist es, die sich an mein Auge zu gewöhnen hat. Ja, das gefiel dir, Samantha. Damals gefiel es dir. Reinzuspähen in die weitgehend aufgeweckte Nacht in der sich ein jeder wehrte. Keiner dort draußen schlief mit den blassen Nachtlaternen und viele tauchten in den schwarzen Rhein ein ohne erneut zu seiner Oberfläche zu erscheinen […].

(Harmonie)

Sie kauen auf der Haut einer Mandarine; nun,
nur jetzt wollen sie entstehen. Sie verwalten
ihre Mägen, da erweckt sich einer in anderer
Gasse, im Schatten, und will sich mäßigen. Er
ersteht eine Mandelmilch bei Maurizius für 42
Cent, die in der, durch seine Lider sich
drängenen Sonne aufscheinen wie Schildkrö-
ten. Er fühlt sich leicht und beginnt zu wanken; links wie rechts entgleitet er aus dem
eigenem Fleisch. Die Straßenkehrer wollen
sich an ihm betrinken und ihn neu begehren.
Ihr Wunsch verschwindet durch den Verkehr,
dem Gras. Einer der beiden Kehrer stellt sich
in ein Bushäuschen; er sagt, ich liebe dich und
fasst sich mit Hast an den eigenen Hoden, was
niemand sieht. Der andere Kehrer steigt vom
Klavierhocker, schließt den Deckel, rasiert
sich, zupft seinen Bart und scheißt. Im Deckel
stecken Spielkarten. Bedrohen sein Leben.

Sie halten ein Holzfeuer an die Kehlen der
jungen Männer und bestechen deren Hände,
klein vor schlechtem Sex. Sie haben ihnen

selbst Flaschen über den Mund gedrückt. Sie rauben die Toten aus und beschenken die Nie-Geborenen mit einer Erscheinung von Cassius und Athena, die verlorenen Blättern auf den Teichen hinter der Stadtmauer, im römischen Garten folgt. Ihre Schrift entrückter als von Ärzten, unter ihnen einige, die sich derart bezeichnen. Etwas weiter schlägt ein Blitz ein, aber alle Kinder rundherum bleiben glücklicherweise unbeschadet. Ein Straßenverkäufer dreht sich auf einer Art Speer gleich einem Diabolo; in derselben Stadt werden die Briefkästen nacheinander aufgeschlossen und in jedem ist ein Blick zurück…

Eine Toilettenfrau küsst einen Seidenschal, der auf dem Spielball ihres Sohnes liegt; bei ihr sind vier Männer, einer wacht über den Raum; nur heute überkommt sie Gefühl. Ein Gefühl des Privaten.

Sie bitten Dich darum, doch was wäre wenn Du wirklich den Zuläufen nach weiter ins Land eilst?

(Catoblepas)

Nun sind dunkle Lungen in seinem Gesicht
mit der verdauten Amphora
auf Höhe der Kränzchenröhren und intel-
ligenten Systemhäutchen -
In der Kneipe "Hofstaat" trinken alle grie-
chisch und zum allg.
Gefallen gebettet.
(la motif)
Für mich eine Lichtlaube mit zartem Kastellan
und ein andauerndes Parfüm mit neologischer
Integrität, aber
Keltere ein neu
Schenk neu IMPERIAL
Ein Jahrhundert in Mint mit zu zerbeißender
Lichtspiegelung für Bergung
Dunkles, Bier trinkendes Holz
Ich blase in einen Pilotenschein
(la motiv)
nun nichts -

helle Frauenflecke
die (un)bewegliche, beflissene Welt lässt die
Haare in Säulen paläontologischen Kots ge-

bunden sein, Kerne aus poliertem Kork gehen uns Espresso herbeiführen.

Im notarischen Verfahren spinnt Camilla ein dreifaches Gestirn aus Erzengel.

Kognak "Velocity" mit,

wie er verspricht,

höheren Annahmen der Sinnesfertigkeit, pulsgenauer Mode-Uhr.

Mit erhobenem Nerven-Nexus befehlen einige, die letzten einhundert Jahre zur allg. Erbauung der Erotiker auszustaffieren.

(Bossa Nova)

Das *Cordeille* war die Idee Perdrags. Das Meer legt an, originär zu dem Dunkel. Aufgelesen zwischen dem Fort, dem Vollmond und seiner Reflektion im erkalteten Fleisch gehäuteten Mittelmeers. Das Meer stürzt in den Schädel; Meeresleben füllt meinen Bauch; das Gefühl in mir ist ein riesiges, ungestaltes Tier zwischen der Unbesetztheit der Höhe und jener der Tiefe. Mir war, als riebe sich in kleinen, organischen Parzellen der Kalk in seinen inneren Struktur aneinander, als wanderte irgendwas, einem Energiestrom, einer Erschütterung gleich, darin umher und es reiche her von etwas Lebendigem, aber als ein solches ein sehr viel intelligenter und weiter gespanntes Ganzes aus Komponenten; kleine Lebensformen, die selbst miteinander zu Organen zusammen gesponnen waren, ein einziger harmonischer Zusammenklang, der in jener Sekunde, nur in jener einzigen Fuge, bevor ich Perdrag sich der Brandungsfestung nähern gewahr wurde, Gestalt annahm.

Das war alles woran ich mich erinnerte.

Nichts wird je fertig werden, Perdrag, sagte ich, schon gar nicht ausgerechnet heute Nacht, zuckte die Schultern und folgte ihm die Balustrade hinunter.

Am zurückgezogenem Strand und der Tanzbühne schlief unbekümmert der Dreck. Ich war jetzt seit einer Woche hier und hatte nicht ein einziges Mal jemanden aufspielen sehen; drei Tage zuvor, in einer nächtlichen Aktion, hatten die Arbeiter aus dem, direkt an die Bühne anschließenden Café über den Bühnenhintergrund aus Stoff das Bild einer Laute ausgegossen, ohne dass dies etwa eine Beschwörformel war.

Buegos, einer der älteren Bedienungen und gleichzeitig gewissermaßen der Wirt, hat vor fünf Tagen den ersten Kaffee seines Lebens getrunken, verriet mir Julena, und er musste feststellen, dass der Kaffee, den er seit zehn Jahren kocht, der beste ist, den es gibt. Sie meinte dazu, ich bräuchte nichts sagen, sie dachte dasselbe, aber der Teufel hatte leider recht, und das eventuell auch noch, ohne eine Ahnung davon zu haben; Julena verriet es mir, als sie mir heute trotz Gelöbnis, es nie wieder zu tun, zum zweiten Male eine Kanne während der Siesta aufbrühte, was nicht unwesentlich damit zusammenhing, dass ihr während der Arbeitszeit das Rauchen verboten war. Sie schüttete die gerade mal halbverbrannten Kippen vor der Bühne auf. Julena hat von Natur aus eine Gänsehaut. Sie hüllt sich vermutlich förmlich in ihre Haut; sie sagt immer, nach der Arbeit wird sie wie ein wenig wie Stein; ich hingegen werde nur müde und kaue Schalentiere, die Fühler hängen mir noch aus dem Mund. Zudem, ja, folge ich Perdrag durch den späten Abend und seinem kindlichem Gemüt, während die Gezeiten des Raums über unseren Köpfen wie Karkass trinkende Wassermücken tanzen.

Ich folge ihm durch einen Hotelzugang wie eine grüne Verderbnis, seine braunen Glieder kollabierten unter dem dunklen Wurf. Langusten mit gestärkten Hemden, zerdrückten Cordjacken und Bossa Nova in der Schale. Durch das aufgedrückte Fenster streichle ich einen Kopf. Er sagt, die Gassen haben Vertigo und die Discotheken, weiter den Hügel hinauf, wurden gefangen genommen. Aber ein bisschen Physiologie, Perdrag. Als spräche alles gegen die Biologie.

Perdrag ist ein Kind, denke ich, es ist, als ob er nur Knie hätte; zersplitterte, blutige Kinderknie mit Energie, die der engen Dirigierung um sich selbst ausgesetzt. Der dürre Mann, der am Mischpult arbeitete, im Kontext des galanten Rhythmus, wie ein dem Museum entliehener Teufel, hätte genauso gut aus dem 19. Jahrhundert stammen können und mit einem eher selbstgefälligen Voyeurismus als mit Besorgnis beobachte ich, wie man ihm immer weitere Espressos serviert, vermutlich, um das starke Zittern dieses kleinen, kranken Wesens, die Elektrizität, die es, nicht sicht- aber spürbar in die Musik gleiten lässt, verzweifelt am Leben zu halten.

Endlich senkte sich die Müdigkeit und Fahrlässigkeit in mich. Zu tief beinah, drang es in mich.

Ich war der Tod.

Ich höre nichts.

Nichts als eine Amplitude ist in mir geblieben. Perdrag langt hilflos an mich, wobei er kleine Tropfen seines Alsters in meinen Schoß verschüttet, als ob es Weihwasser wäre. Am Mischpult laden sie Totenopfer auf; der Wirt des *Cordeille* schiebt sich Scheine in den zerbrochenen Steiß. Für die Scheißkrone. Er denkt, niemand hört es; sie haben warme Trauben in den Ohren. Die Musik lallt bis etwas zu Staub verfällt, etwas, dass gleich Steinen auf dem Herzen liegt.

In den Zimmern stehen Nachttische in denen wiederum ein wenig Zeit liegt. Die Schubläden werden gelegentlich bei offenen Fenstern geöffnet und die Zeit zieht bis auf das Meer hinaus. Wenn die Menschen morgens nach draußen drängen, wie das Weichen einer Emulsion, sagen sie kein Wort. So sehr die Sonne brennt, friert man morgens durch den Wind; die Luft verdichtet und verdünnt sich. Am Morgen werden alle Ascher der Welt ausgekehrt; aus den Aschern morgen wird der Bossa Nova fallen, wie ein Phantom. Der dürre Mann spielt seit Stunden nur einen einzigen Ton. Sie hören sogar an den Pissoirs nicht auf zu klatschen. Sie applaudieren ihm im Schlaf. Sie applaudieren, die sie ihre Nachttische aufgezogen haben, sie, die von anderem zu besoffen sind. Perdrag und ich klatschen noch nicht. Perdrag muss meine Rechnung übernehmen. Ich senke noch einen Grad meine Lider, mir wird langsam wieder warm. Eine alte Frau in einem edlem Herrensakko tätschelt mein Kinn, will mir Espresso schenken und Riechsalz. Ich fühle mich ein wenig dreckig, aber es beginnt sehr gut. Ein eleganter aber hässlicher Mann mit den Gelenken einer Alten; ein Dieb mit hochgeschlagenen, steifen Kragen.

(Der spanische Pool)

Wir trieben es in der Caserna Alemana Antiga
zwischen silbernen Schaufeln.
Beharrlich renke ich meine Glieder bis sie in
ihre Fassungen laufen; sie singen und knurren
ihre Halterungen an. Ihr Zorn ist ungerecht
und sehr schmackhaft. Ich bringe mich herbei
und sehe, dass ich unglücklich bin, denn der
Pyrenäer (nur ein Name – er entstammt nicht
mal annährend dieser Region) ist ein Teufel
und gleißend, bemüht von primitiven Mo-
tivationen. Am Fenster sind Hahnenköpfe auf
einer ethanol-vereisten Schnur angeordnet um
das Geschrei des *Pyrenäers* unten aufzufangen
- er brüllt durch die Gebirge damit die Ruinen
ihm vom Land gehen. Die alten Kasernen
stöhnen. Ich lege mir die Finger in die Augen,
denn ich fühle, dass sie trocken sind; sie
rascheln wie altes Laub.
Ich glaube eines Tages gleitet alles durch uns
hindurch;
Ich muss dankbar sein, dass der *Pyrenäer* bei
den Sternen aufgehängt ist.

Die schwarzen Ratten haben sich wieder in diesen Ruinen hier eingenistet, beklagt er, ich habe viele Jagdtiere: Hunde, Jaguare, Falken - sie finden sie nie. Sie kennen die schwarzen Ratten nicht, die schwarzen Ratten passen nicht in ihr Weltgefüge. Ich wunderte mich, wie er so wissend hat sein können.

Als ich mich wieder anzog, war ich äußerst konditioniert und flüchtig, es gab keine Anteile - *Sie* lag auf dem Bett oder es gab *Sie* nicht. Einer von uns war völlig unglaubwürdig geworden. Mein Großvater sagte stetig, es müsse immer etwas geben, das wirkt. Mein Großvater starb, als er sich eine Sig in den Arsch bohrte.

Unsere Träume waren befallen als wir unter dem spanischen Pool lagen und ich darüber nachsinnte ob meine Augen noch wirken. Ein smaragdgrüner Pool in einem heißen Nachmittag am Rande des geduldigeren Wahnsinns. Wo alle Sprachen einem leicht zur Haut gehen, doch sich niemals lösen.

Ich hebe meine Liebe in den spanischen Pool.

Unwillkürlich muss ich an ihre Vulva denken, aber ich könnte z.B. auch den Winter nicht beklagen, weil man nicht beklagen sollte, was vorhanden ist, man sollte sich nicht über seine

Mittel im Unklaren sein. Gegen das Leid kann man nicht vorgehen, wenn die Attribute nicht mehr anzuwerfen sind.

In *Ihr* leuchten die Ego-Partikel; *Ihr* brauner Körper riecht überall nach ihrem Sanktum. *Sie* drückt sich durch ein paar Geheimnislosigkeiten aus; die blasse Natalia steigt gerade den Hügel herab. Sie meinte, dass vor tausend Jahren Menschen an den denselben Ort gegangen sein könnten um dasselbe zu suchen. Die blasse Natalia schwingt ein grünes Messer.

Also lief sie an den Wandteppichen entlang durch die Straßen der Stadt; trug irgendwas am Leibe - ich wusste nicht, was das sein konnte. Sie konnte kein Wort Spanisch, aber aus der Intuition, dieser unendlichen Beherrschung heraus, mussten ihr die Wörter einfallen mit denen sie sich verständlich machen könnte. Sie spräche Irgendjemand an, weil sie es musste. Er sei wie ein Phantom gewesen, sagt *Sie*.

Gerona reicht nicht in ihre Kontinuität herein. Ich lache den spanischen Pool an. Die höchste Spitze der Menschheit stelle ich mir vor allen als Vulven in einer dunklen, undurchsichtigen Nacht vor, die niemand entdeckt.

Die blasse Natalia schneidet mir die Hand mit dem Duft ab, doch nun entflammt das

Sanktum aus dem Blut. Ich bin unheilbarer verliebt; mein Großvater steht ohne Hosen in der Caserna Antiga Alemana. Er ist verbittert, er schreit, je schöner der Traum, desto regungsloser wird er. Der spanische Pool ist nur undeutlich zu erkennen.

(Exil)

Die Kreuze vernarbt; unwissend ist der Abend.
Das Kind hebt die Hand, verbietet, streichelt.
Ein Mund, ein Opal der Ironie verklebt, verharzt Element um Element des Raums. Auf dass die Pforten des Paradieses ein Spalt weit wieder geöffnet sind.
Versinkende Welt, endlich alles nautisch! Gegenüber der Idee der Kuppel! Aus Diamant und Blut, das dem Bauch entweicht!
Ich dringe voran, Stein zu Stein. In der Kühle muss ich meinen Verstand vor Vernunft bewahren. Eine Kapelle der, von falscher Intelligenz befreiten Wahrhaftigkeit; zu beiden Seiten verrottetes, zersplittertes Holz zu Säulen, hinweichend zum organischen Palast des Midas. Sonne und Mond sind tot, die Idee der Kuppel nicht mehr als ein Geheimnis hinter lehmiger Wache. Wo nichts als die Finsternis ist und geheimes Leben. Nichts als Unglaube und bestialische Schönheit. Wo die Tempeldienerinnen ihr Fleisch verzehren.
Nichts aber weiß der Abend, im leeren Magen wird der Mittag; die schöne Selbstentrückung

erstirbt und wechselt seine Gestalt; die blitzenden Möwen setzen auf die Erde, die Felsen ab, wo sie nicht schlingern können im Flug. Eine Tempeldienerin tritt vor den Palast. Mero bindet Buchschweine unter dem Himmel und weint. Mero fertigt Vintage Prints, während sie in goldenen Meeren watet und Knochen im Stein zur Geburt verhilft. Aus den Schakalen tupft das Lied; ihre Pfoten beben, ein Katarakt beginnt. In meiner Hand schwenke ich ein Klappmesser verkehrt; erst wenn ich blute bemerke ich, dass die Klinge tiefer als das Holz. Ich bohre den Griff in das Dienerinnenfleisch; die kleine, süße Misshandlung ist tiefer, aber leichter als Liebe. Die Musik ist geteilt, wir eilen zurück bis wir zum Fellatio sanctus gelangen.

Ich sage zu ihr, Sonnen zerbrechen, Monde sind schon verschluckt worden und ein Leben, ein schmutziger Strahl aus Blut. Mero redet von Liebe, ich hingegen meide es das Wort überhaupt zum Mund zu nehmen. Nur in nackt verschluckt; gestern noch beim Wandeln bei den Schaufensterpuppen der *Metaphysique-Blanc* entlang, mit wenig mehr als einer grausamen, plötzlichen biologischen Kräftigung und leise in die Totenköpfe gepinkelt bei verglasten Gassen. Mit nichts anderem als dem kindlichen Matthäus (Bis zum Ende aller Zeiten!), auf die Rückseite meiner linken Hand gekritzelt, die ich noch nie sehen mochte. Die Farbe meiner Hände ist Grau.

Und es sind aber die Pyramiden alle ein Stück verschoben, über den Gräbern. Die Beine der Möwen sinken ins Watt; die Irrtümer schief unter die Wirbelsäule und in die benähten Lippenhäute geschoben; die Kantoren trauen sich nicht mehr aus ihren Booten, sie errichten dort eine schöne, stille Heimat um sich darin zu erleichtern, und die Küken kitzelten ihnen die Füße mit ihren orangefarbenen Schnäbeln.
Das Holz zerberstet, die Klinge dringt glatt durch die Hand. Jetzt bettet sie mich nieder und singt vom schönen Jüngling mit den zerbrochenen Augen. Ein Jahr muss ich das Bett beschweren, zu ranzigem Obst im Morgentauen die Masturbation, gründlich, be-treiben. Ich sehe vorbeiziehen nichts als die bunt gefärbten Tücher in den Rucksäcken von Fremden. Jammernd gehen die Narren mit einem Kind in ihren Taschen an die Straßen, der Gauklerwagon gibt alte Vögel frei.

Jeden Morgen zieht Mero hinaus und stößt die Vintage Prints in die Tiefsee; in der Kehle der verrückten Frau wohnt die Brasse. Jeden Morgen schneidet sich die entweihte Tempeldienerin eine Schwanzflosse der Brasse aus dem Mund und nährt mich an den Rand des Todes.

Irgendwann berstet der heilige Sonntag aus dem wunderbaren Schlamm.
Dort sitzt eine Tempeldienerin vor mir. Sachlich verfertigt sie blutgierige Geburt, vorgeführt mit dem finsteren Steiß der Wulstung auf einem orangefarbenen Bastsessel. Sie lässt mir das Kind liegen, dass ich aus meinem ebenso sehr wellenden, nun unablässig hervorstoßenden Blut füttere.
Ich erziehe es. Ich erziehe es mit Schuld. Es ist ein Sohn, er füttert mich mit Teilen der Brasse. Ich erziehe ihn. Ich sage ihm gelegentlich, ich will dich lehren Blut zu spülen in die Welt, ja, sie zu ertränken in Blut, wenn du einmal voll Liebe bist. Ich erzähle ihm auch wie man stiehlt. Ich zeige ihm, wie man würdelos ist, wie man sich gewählt ausdrückt und wie man beleidigt. Ich weiß nicht, wie lange ich ihm dieses und jenes erkläre und zeige, so gut ich

es aus meiner Liege heraus weiß. Er wächst schnell und er erscheint kräftig, doch seine fehlende Grausamkeit ist bedrückend. Ich verhöre ihn, erzähle ihm dafür bis in das genaueste Detail in welchen Momenten und wo Mero verletzbar ist. Eines Tages bringt er mir einen jungen Hund und mir wird klar, dass mein Sohn aus eigenem Anreiz sich zu nichts anderem erbaut hat als einem Schwachsinnigen. Ich sage, Gelegenheit. Mein Sohn saugt dem Hund die Schnauze, fängt mit den kleinen Fingern die Zunge.

Deine Gelegenheit, Sohn. Ich habe die Aufmerksamkeit meines verdummten Kindes. Kann ein Hund von Blut leben, frage ich meinen Sohn. Kann ein Hund Blut speisen gleich einem Camembert. Können Tiere sich selbst durchkreuzen. Kann ein Tier sich selbst durchbohren.

Mein Sohn wird schwach, aber ich belehre ihn. Nein, fange auch beim ersten an, ergeile nicht du dumme Frucht. Mein Sohn wirft den Hund auf die dreckigen Dielen, worauf das kleine Wesen aufjault. Ich ergreife es noch während seines Aufschreis im Nacken und so drücke ich ihn in mein Blut bis sein Körper erschlafft.

Alles Leben entweicht aus dem dummen Augen meines Sohns; ich habe ihn nie wieder gesehen, auch, wusste ich, würde Mero nicht mehr erscheinen um mich mit den Schwanzflossen der Brasse zu nähren. Ich umkralle den kalten Körper des jungen Hundes und drücke ihn sacht in die Wölbung zwischen mir und der Wand. Lange liege ich da; gelegentlich untersuche ich das Mündel, untersuche seinen Mund, hoffe auf nichts weiteres, als ein Stück der Brasse, durchsetzt mit hündischem, dicken Speichel, erkunde mit meinem Hals soweit es reicht den Hals des Tiers, stundenlang. Fliegen kamen, die Fliegen waren voller Natur. Lange fächere ich sie vom Leib des Hundes, teils von meinem, schließlich aber, in einem Moment reinen Glückes, erwische ich eine mit den Fingern, dass sie fest darin sitzt.

Ich studierte die Fliege, das kleine schwarze Ding ohne Licht; nur eine Reflektion. Ich studiere den Hund. Ich lege ihm leise eine Fliege in den Mund.

Sein Bellen schallt.

Ich sage ihm, dass ich gesund gepflegt worden bin; es sind schlechte Pfleger mit kaum bemerkenswerten Seelen, aber ich bin durch Pflege gesund geworden. Ich schultere ihn, der Geruch von Walnüssen kam auf. An jeweils zwei Beinen zweier Stühle binde ich die Ecken eines weißen Tuches fest. Ich beuge mich darüber und aus meinem Mund, über die Zunge rinnt zunächst dickes, dann immer geringer und dünn Blut, rot leuchtendes Blut. Rot wie das Herbstlaub, rot wie katalonische Erde. Ich denke an fette Brassen. Das Tuch wölbt sich, nicht ein Tropfen sickert hindurch.

Mero flechtet Knochen und steckt bis zu den aufgerissenen Knien in den goldenen Schlamm der Ebbe. Eines Tages, denke ich, wirst du zwar nicht regelrecht betrogen, du wirst bloß gebeten dir die Gesichter zu ändern, das leichtere Kleid mit der Haut hochzuziehen und die Schwerter in Amerika zu lassen, die Mandolinen über die Kanten brechen und mit dem Morgen zu verschwinden. Ich habe dir ein Kind aus Holz gemacht, ist das nichts? Ach, komm noch einmal, so muss der schwarze Rost des Himmels zu riechen sein, Meru. Und gut ist es auf Zahnfleisch zu liegen, den Atem eines Pferdes nieder laufen zu lassen. Weißt du, im Sand legen wir unsere Ohren in sie und lassen sie ziehen. Mit dem Sand halten wir unsere Zelte fest wie öliges Fleisch, ja. Nur einmal gebeten, nicht weiter. Über die Götter zu steigen, etwas sehr beherzt grausam es auf sie herabregnen zu lassen, die großen, aber hauchdünnen Umspanner, in Ordnung. Ich werde nicht nach drüben in Frieden gehen können, aber mich vom Anblick sacht und allmählich dahin ziehen lassen dürfen, oder? Sieh nach drüben, sie erwarten mich, Paläste des Midas, Chimären.

(Alchemie)

Er stand zunächst ruckartig von seinem Hocker auf und wandelte im Kreis, wobei die Nadel, die mehrere Zentimeter unter sein Schulterblatt gesteckt war, auf und ab wippte. Er versuchte den pinken Nebel zu lichten. Er faltete die Hände, schob sie vor und spreizte sie voneinander fort als schwämme er.

Vier Jahre und zwei Monate später stand er von seinem Stuhl auf. Er richtete seinen Blick unverwandt auf eine verrottete Kuckucksuhr, die in der, ansonsten sterilen Küche hing. Er hatte den Eindruck, dass ergründet werden müsste, was ihre Zeiger sagen wollten. Das Sonnenlicht brach steil in das Fenster ein und wurde durch das Zimmer hinweg mehrmals gespiegelt. Von einer aufgehängten Edelstahl-pfanne richtete sich ein Strahl direkt auf sein Gesicht.
In die Wand zwischen Wohnzimmer und Kü-che war ein Aquarium eingelassen. Ein winziger Krake taumelt darin und schlägt seine Tentakel um einen artifiziellen Schädel.

Im Wohnzimmer sah' er dem Kraken bei seinem Spiel zu.

Er saß auf seiner Couch und blickte konzentriert in den Fernseher. Der Bildschirm wirkte sehr nah; Dokumentationen über Raubtiere wurden gezeigt, unterlegt mit einer Reportage über einen Krieg, fern von der Heimat und zeitlich ebenso stark entfernt. Er legte sich lang hin und sah an die Decke, in seinen eigenen Schatten. Ihm war kühl; das Fenster war von selbst aufgekippt; die Azaleen verneigen ihre Köpfe als der Vorhang über ihre Blüten wehte. Als die Verhüllung zurück glitt betrachtete er seine Katze, die die Pflanzen aufgefressen hatte.

Er saß auf einem Hocker und war mit dem gesamten Körper weit vorgebeugt, so dass sein Geschlecht sich auf der Sitzfläche an den Hoden rieb. Sein Gesicht war erfüllt von trunkenem Brand. Er saß vor dem Fenster und zog die Vorhänge vor seiner Nase zusammen. Der Stoff war anthrazitfarben und roch eben nach frischem Polyester. Es brannte ihn; an seinen Beinen haftete ein weinroter Ausschlag. Er riss seine Unterhose beiseite und drehte sich beiseite um in den leeren Raum auf den Nirosta-boden zu pinkeln. Er verwechselte seine Brust mit dem Wind. Der Ton des Urins, als er auf den Boden stürzte, war ohrenbetäubend.

Fünf Jahre zuvor stand er auf, wie es anstößig auf die meisten wirkt. Er hielt sich an dem Stuhl fest und wollte sich vorsichtig von ihm erheben, stürzte aber von ihm auf den Boden und auf das Steißbein. Eine junge Frau tät-schelt seinen Kopf. Er kann nichts. Er erhob sich, während sie mit abgewandten Rücken den Raum verließ. Er starrte ihren Zopf an, der sich in Spiralen, unerwartet, entflocht. In der Mitte des goldenen Strudels war ein Mund. Er begann zu lachen, da seine Erwartungen über-troffen wurden.

Ein halbes Jahr später waren seine Haare in einer mehrfachen Geschwindigkeit gewachsen. Er stand vor der Couch und verdunkelte das Licht mit seinem Kopf, so dass ein runder Fleck dort lag und sich mit einem weiteren Schatten verband. Das scheußlichste Geschöpf der Welt, dachte er, amüsiert. Er schloss seine Haare vor seinen Augen und langsam setzte er sich nieder, als würde er tauchen.

(Peskvit)

Wir spazierten über den, farbüberkränzt gegen den schwarzen Schirm des frühen Nacht-himmels, hingelegten Hof ein, die Nachtluft durchfahren von dem Dunst faulender Blätter, die schimmernd in der novembrischen Feuchtigkeit verdarben. Sie beobachteten uns genau. Sie beobachteten meine ganze Familie, sie fliegen um die Fenster und richten die beschnäbelten, sachlichen Gesichter auf die Stampede hinter dem Glas und glänzten mit paranoiden, dunklen Augen. Mutter bewegte eine zähe Galle in ihrer Wange und bewegte den Vater mit einer Nadel durch den Raum; sein Atem zerdrückt Salz in seinem Bauch; er erzählt uns ein Gute-Nacht-Märchen. Brav liegen ich und meine Schwester da, wir liegen brav in seinen Schuhen und überreden ihn un-unterbrochen mit hungrigen Ermahnungen. *Aufgeregt stiegen einige Kanarien immerzu in ihren Käfigen ihre Treppchen auf und nieder, es war eine Schelle, die sie dort zu trieben schien. Es ist die Katze, sie trägt ein Silberglöckchen, belog uns Henze durch den hellen Umhang, dann ließ er ihn gerade so aufschwingen, dass er niemanden aufhielt; der Tote war in einem rotem Raum aufgebahrt.* Der Kater steht im Außenflur und hält die rechte Pfote in der Luft. Grün blitzen die Ballen links, anschließend wieder rechts am Geländer unterdessen wir die Hacken der Mutter küssen, als seien sie der obsessive Ring am päpstlichem, dicklichem Finger. Das perfekte Abbild der polyedrischen Körperlichkeit vibrierte zwingend in ihrem Knöchel und Schwestern bekam blendende Striemen im Blick. Die Dogmatik meiner Schwester verzehrte sich vom Schwanzende her. Vater erklärt der Wohnstraße das Märchen; er fliegt in die Küche und von dort aus in die Stube, wo er beinahe ausklingt, anschließend schwingt das Pendelmesser in die Schlaf- und Kinderzimmer. Das Pendelmesser setzt sich ins Badezimmer. Mutter verbeißt sich in die Landsitte und kreischt auf die Kochgewässer, sie kreischt die Seele aus den Flügeln mit stinkendem, mundfleischigem Brüll-Gesang. *Klausert seinerseits bedauerte diese Umstände, die letztendlich aber wichtig waren, um die Sache seines Künstlerfreundes zu klären, der den Tod mit verteidigt und gewahrt gebliebener Wohnung traf, mit unerklärten Würgemalen an seinem Halse. Es war natürlich, dass der Mörder ihm dort begegnete, immer kamen sie, wenn man langte; so war er hier; löste sich bereits bei einem „Da ist der Mörder"* - Vater imitierte gelassen und präzise die Pluralität der Stimmen - *und konnte mit einer kürzeren Treibjagd von hundertfacher Beteiligung und mit Feuern zu Klausert auf den selben Flur gebracht werden. Klausert inspizierte den Unschädlichgewordenen, der trug eine Maske und war umringt; da er jetzt fassungslos in die Hände klatschte, schrien die Kanarien.* Auf der Türschwelle liegt ein blutiger Schnabel; meine Schwester klagt das verehrte Raubtier mit dem seidigen Fell an. Seidige Knochen; ein Schädel, weich wie ein Bett; ein roter Schädel voller Daunen. Neben den Kirchtürmen außerhalb des Kinderzimmers erhebt sich eine archaische Antenna und legt sich weich in den Abend hinein. Der stumme Gemahl schließt die Krallen in die brennenden Laternen ein. Vater lacht den Wind mit öligen Fingern an. Mutter hat nicht weiter gewusst, sagt er nebenher, sie hat die Katze geschlagen; die Katze hat ihr den Fuß zerkratzt. Mutter zerbeißt einen Suppenknochen im Mund. *„Nun, deine Maske ist dir nicht zu nehmen, doch ich sehe es schon so: du bist Peskvit, die Katze jenes Freundes. Ja, du musstest menschengroß werden und mit Menschenhänden um den Manne von hinten an den Hals zu packen."* Mutter schreit, Vater sollte diese Stimme nicht annehmen, er solle bloß diese Stimme nicht machen, woraufhin sein Gesicht einfiel. Was sollte das werden; die Falten imitieren Mutters Stimme. Mutter imitiert Vater. Vater imitiert Daunen. Die Daunen imitieren Augen. Pfauenaugen stehen vorne im Hausflur. *Eine Schelle klang trocken und verloren gegen die schwarze Nacht; viele im Beisein erhofften sich nun, Klausert hätte ihn höchstens unter Übelkeit festnehmen können, doch mit erstauntem Pfeifen mussten sie miterleben wie ungewöhnlich klar und mit einer unmöglichen Geste er nach Peskvits Arme griff.*

(Chevalier)

Ich wunderte mich (vielmehr wunderte ich mich nicht im *Geringstem*), dass sie ihre Köpfe so weit in den Himmel recken wagen. Bei Sturm, da kreischt wie ein Weib der Marschall, als legte man einen Daumen auf seinen weit heraus prangenden Adamsapfel. Der eigentliche Befehl war aber meist vorüber, vielleicht seit Jahrhunderten, denn mit den Wolken schwankt der Rock im Maule des Pferdes und die leisen Grüße der Chevaliers gehen eilig dahin; doch meist, im unglücklichem Falle, richtete sich mindestens einer der Grüße an unerwünschte und selbst unfreiwillige Beobachter, wie sie, gleich Ameisen, nun über die Ränge kletterten; dann musste man die Pferde begraben unter den roten Säumen, die zu ihrer Schande ausgehobene Erde auf sich trugen, mitgeschleudert aus der inzwischen feucht gewordenen Erde.

Man muss ihnen ihr ungeübtes Lächeln vergeben, nicht eher zog ein Chevalier, graziösester Atavismus, der sich in der Abendluft

spiegelt, mit den Besuchern durch den Tribü-
nengang und stets kehrten sie dann in den
Nächten ein, als das Licht der Imagination,
Abend der Kindheit, sich inzwischen
vergessen gegen die Erhöhungen zu lehnen
suchte.

(Das Unterholz)

Vater, er scheint alt geworden - mit flachen, geordnetem Winken grüßt er uns in beiläufiger Art, während wir, ich und die Mutter, am weit entlegenen und entgegen gesetztem Tischende uns immer noch berieten im dornigem Licht schwarzer Puppen und Spiritualität.
Er war gewissermaßen eingeschlafen als die Liturgie an den Winter gegangen war. Die Straßenlaternen, die kamen, gurgelten bereits in seinem Blick, tranken ein wenig am unpatri-archischen Zucker der Feldwaisen, die vom Wind gebogen wurden wie der Herbstweizen. Vater ist ein alles sehender Sog, ein Auge par excellence; die sagenhafte Gravitation von Legenden trug die Welt in sein Zentrum, das etwa eine Schaukel mit einem Lehmidol hätte sein können. Der Mensch hat weder zu seinem Angedenken, noch sonst, seit Angedenken schlechthin weder irgendetwas getan noch ge-sagt.

Einige Zeit verweilte er nun in seinem untä-tigem Handeln, ohne dass wir versucht ge-

wesen wären ihn zu beachten, dann allerdings
rückte er sich halb im Stuhl um, damit die
Mutter schrecklich ihren Kopf schütteln musste bis er ein Schleier war; wahrhaft schon hinreichend grässlich, hob er sich dann mit heraus, mit Gliedern in denen der Schmerz nun
erst explodierte, dass ihm ein langer Faden
Speichel aus dem Mund gehauen wurde. Er
ließ uns bis zur Tür leiden, dann zeigte er auch
noch seinen, aus gebogenem Schattenholz und
rauer Schnur gefertigten, wunderbaren Bogen
auf seinem Rücken prangen. Es war zuviel;
wie ein Kind, zweifelnd lachend, von herr-
schaftlichen Dingen hypnotisiert berührte ich
den Bogen.

Ich tastete nach dem Unterholz mit seinen
schweren Türen, die geöffnet in den Schar-
nieren weilen, bis jemand von außen her
kommt um ihnen den Schlag zu versetzen, der
sie wieder schließt. Die Feldwaisen fummeln
ein wenig in ihren Hülsen, schreien etwas
während die Nacht die Züge mit roten Schals
in die Stadt kämmt.

(Judith)

Im Wasserdampf gleitet ihr eine Locke auf ein Kissen aufsteigender Luft; sie rasiert sich die Oberlippe. Hier und dort wird einer wie verwandelt und sie stecken die Knöchel in die Fontäne matten Wassers. Auf dem Bett ein Fetter, der verschiedene lange, verschleierte Stoffe und goldenes Gestänge berührt; das Muster des Lakens glich dem Muster des Lebens; er reißt es für sich in Stücke und seine Augen werden zu Kindern. Eine Katze leckt ihr über die Füße, in denen sich Sehnen zu Gebäuden bilden; an der Katzenzunge kann man ihre Bildung ablesen.

Ich warte vor der Tür, mein Brustkorb zittert. Ich betrachte mich selbst in einer Armbanduhr, schließe gelegentlich die Augen und presse mein Handgelenk gegen meine soldatene Stirn. Sie wirft schlichte Kleidung auf sich, aus der Kommode an der ein Büßer kniet und mit einem weißen Gürtel seinen Rücken züchtigt, der, so weiß sie, allerdings betäubt ist, und dass es Betrug heißt. In seinen Wimpern ist Zucker und etwas, das Most ähnelt. Sie spreizt sich über dem WC, in das ein Dürrer Zigarettenkippen und seinen Mund leerte; sie fasst sich in das harte Haar. Die Zahnbürste ruht mit ihren Borsten am Spiegel, so dass er leicht verschmiert. Ein Lächeln kommt über diese trügerische Endlichkeit zurück und wird noch jemanden zur Bürde, wie es so oft geschieht. Bevor sie hinauskommt, fegt sie unter der Schwelle die Phantome hinaus; die Katze dreht sich vor Schlaf.

Ich kette die Uhr vom Gelenk und schiebe sie flach in die Tasche; sie kühlt nicht.

(Eidechse)

Ein Schimmern ist an das Dach genagelt mit
transzendentalem Nagel, dunkelblauem Cyto-
philion
Kinder, die Beine und Perlen haben, schlagen
einen Teufel
Die Bäume schauen aus wie graue Fetzen-
fische
Fausthafte Wolken besticken die Sonne mit
Krämpfen,
die Würger fallen ab und stoßen an erdige Ly-
kantrophen,
sie heißen *Wasserlöwen*

Die naive Magdalen benimmt sich wie ein
Katapultarm, der haarlose Wind fistelte ihr am
Kleid,
währenddessen sie ihr rechtes Auge auf der
Spitze eines
dünnen Nagels balancierte (woraufhin es ein
wenig eingedrückt
wirkte aber unverletzt schien)

dann wurde ich zum Repetiergewehr

Mein Hals schwindelt durch die Tasche und
Blumen,
eine Nickhaut ist mit Kind im Rucksack durch
die
Spiegelbild verfeinernde Pfütze gegangen;
keine Paralyse geht vorüber;
Gottes blindes Auge hausiert auf dem
Handrücken
und lässt sich als Maske verwenden

die Sonne tupft mich schläfrig

(Erde)

Ein Lächeln hat sich in mein Gesicht ver-
bissen. Es presst sich streng durch die Trau-
erweiden und Rosmarinsträuche; sein Hals
liegt zwischen den urzeitlichen Ösen der Land-
schaft und wildert. Und im Holz, auch dort
steckt die es. Es vibriert auch auf den Hügel-
kuppen und in deren erheblich fleißigeren
Auslaufphasen. Ich lasse meinen Mund os-
zillieren; ich beiße das Blut aus den Lippen
und lasse es schließlich zurückschaukeln. Mutter steigt ins Haus. Mutter steigt aus dem
Haus. Ich lehre dir, die Wiesen zu falten. Sie
führt mich zu den Wiesen, sie legt die Köpfe
der männlichen Halme an die Bäuche der
weiblichen Halme und die Köpfe der weiblichen Halme an die Bäuche der männlichen
Halme. Und ich weiß
Ich lebe auf der kalten Veranda wie in einem
Höhlenreich; ich bin stattlich wie Vieh. Manchmal spiegeln sich meine Knie im Nacken
von Mutter, die draußen im Schlaf das Feld
bestellt. Ich lächle; in der E. wartet ein Mädchen auf mich; ich schrieb es ihr auf ihren

Schal, damit sie nicht noch schwächer werden kann. Sie drückt sogar die Feuchtigkeit des Schlafes in den Schal, ich weiß es; für Schwankungen der Luftfeuchtigkeiten sind wir schon immer sehr anfällig gewesen. Die Naturfeuchtigkeit nimmt uns nicht immer die feuchte Arbeit.

Der Gleichgewichtssinn liegt im Kinderhimmel; diese Dinge machen achtsam. Meine Mutter schüttelt ihren Schädel. Mutter steigt ins Haus. Mutter steigt aus dem Haus. Nun werde ich dir zeigen die Wälder zu demütigen. Sie führt mich zum Wald und verflucht die grün zerfetzten Häupter; den Wurzeln lässt sie nur gelegentlich sanftere Flüche zukommen; die Häupter schieben sich ineinander und füllen sich zu festen Bällen auf. Und ich weiß Meine Mutter kreischt öfter unvermittelt. Das liegt an meiner Dummheit, sagt sie. Ich falte die Arme über das Dach und lasse die Tiere aus dem Feld. Ich hätte Salz heißen sollen, schreit Muttern. Oder sie denkt es. Wer hier lebt, der braucht ein Feld; ich habe das Mädchen; Mutter hat das Feld – ich weiß, sie wird es nicht soweit kommen lassen, dass ich erbe. Lieber würde sie ewig leben, sagt sie vor sich hin, stetig. Das Lächeln im Gesicht meiner

Mutter tritt ausschließlich aus linkischen Gründen ans Licht. Sie ist eine ehrliche Frau und meine Lüge ist das Gift ihrer Ehrlichkeit. Gelegentlich sammle ich alle Sterne in meinem Speichel, in dem sie nicht weniger gefügig sein dürfen, als es die Fliegen sind und am Morgen, an jedem holprigen Morgen, klebt der Ahorn und Schweiß an meinem Mund und das Leben fühlt sich an wie eine langsame Insomnie. An einem Morgen war die Sonne auf dem Feld liegen geblieben und warf unsere Schatten übergroß in die Hügel. Meine Mutter sagt, ich hätte geträumt, aber sie ist tückisch. Ihre Spiele sind genau und undurchschaubar. Sie hat die Sonne vom Feld genommen, sie hat die Sonne mitgenommen. Mutter steigt ins Haus. Natürlich; man sagt, dass, da Artemis mit den Augen der Tiere sieht, sich diese eins auf den Bauch gelegt haben und warten. Aber laut Mutter hab' ich keinen Mund für so etwas. Was für eine Erleichterung für sie. Mutter dreht auf der Schwelle; sie dreht sich in den Himmel. Sie legt sich vor das Haus, wirft ihren Rücken auf die Erde und langsam hebt sie sich über diesen steinernen Albtraum wie auf ein Mausoleumspodest. Auf dem Podest liest sie seine Zeilen stumm in sich hinein

Mutter
(schließe deinen Mund)
(nimm den Abend hinein)
(sprich das Land still)
(erwähne den Teil des Fleisches)
(betrete den Abend)
(schweig und drehe)
(spiel das Land)

Ich lege meine Hände über dem Haus zusammen und würge Mutter wach. Ihr Speichel rinnt links und rechts vom Haus. Mutter kreist über dem Haus. Beherrsche dich, warte in der Stadt auf mich; dort muss es wie ein heilsamer Albtraum auf mich wirken. Mutter wirkt alt. Nun werde ich dir zeigen, wie man das Feld vergräbt, doch wir müssen und beeilen; bald hebt sich der Mond in das Tal.

(Delft)

Dass man ihn hergeben solle und dass man
sich nicht anstellen solle. Mutter brüllt die
Finger im Wasser an unterdessen sich die
Hände des Kleinen in den Lamellenkörper ver-
beißen. Man war einverstanden den Regen zu
schließen und die Sonne in den Delft hinein-
gleiten zu lassen. Vatern verbirgt das Gesicht
mit der Luft; es ist zu vermuten, dass er seinen
Hals tiefer in den Delft dreht. Er hasst Delft; in
Delft bewegt man sich nicht. Stumm verzehren
sich die Kastanien in seinem Papiermantel.
Schwestern balanciert auf einer Kanone, denn
die hat einen Geschmack von Blut und lichtet
sich mit der Sonne ab; diese scheint den
Wolkenrock nur für sie aufgerissen zu haben
und ihn an die Stirn des Vaters zu pressen. Die
Sonne sickert ein und zerfließt auf den Pon-
tons. Vatern will etwas aus dem Mund vertreiben, doch er krieg das Kleid nicht aus der
Kehle. Die Großeltern bewegen sich in Phä-
nomenen; Großvaterns Stirn lauert - sie ist
eine, gegen die Familie nach hinten gehaltene,
Targe. Vater lässt Kastanien in den Rock

fallen und sich an die Stirn rollen; er ergreift den Sohn an der Schulter; er übermittelt ihm gefährlich seine Kameradschaft wie ein Dieb; es ist nichts, das man mit einer einzelnen Hand schaffen kann; es ist unmöglich so in Anstand Maronen zu verzehren, findet Muttern.

Der Sohn beißt in keine Marone. Den Kleinen führt Muttern am Schirm und sie angelt Kastanien aus Vaterns Papierleibchen. Schwestern beugt sich weit über die Kanonenspitze; sie weiß nicht, wie die Kastanien zu essen sind; es ist ein unüberschaubares Schlachtfest.

Großmuttern zirpt. So ist Delft. Weiter, den Delft hinauf, sitzt ein Maler; er sieht die Familie noch nicht. Vater krümelt einen Satz; die Flugbahn eines Steins ist ein Irrtum, heißt er und wirft sich auf das Blut wie ein Tier. Muttern winkt den Delft hinüber, winkt über das Wasser; so ein Winken ertrinkt. Sie schreit hinüber und so ein Ruf ertrinkt. Der Maler dreht sich im Wind und sieht den Kleinen; der sieht aus wie ein Fußgänger, denkt er; schließlich verschließt er es in ein Erotikum, wobei er seine Verliebtheit hinter das Ohr in klebrige Haare legt. Großvatern streicht einmal komplett über Großmuttern; zu den Füßen muss er sich nicht einmal bewegen, so ernsthaft streicht er über sie. Du bist nicht welk geworden, flüstert er ihr zu; ein Liebesbrief steht auf der Stirn von Großvatern, Großmuttern kratzt sich zur Antwort obszön den schwieligen Bauch. Schwestern nimmt die Kanone zwischen ihre Brüste; die Familie bewegt sich zu langsam, überhaupt nicht, laut Vatern, der gemächlich seinen weichen Gesichtsrock zerkaut. Sohnemann bewegt sich von allen am wenigsten, starr nur bewegt er sich auf wenigen Zentimetern irgendwo im Abgrund. Es beruhigt zu wissen, dass, wo Wasser ist, Tiefe ist - eine Viskosität entfernt von den Ängsten. Typisch, murmelt Vatern. Muttern ist nahezu annährend regungslos [Er muss alle möglichen Bewegungen, Formen und Accessoires eines Menschen schließlich irgendwie beherrschen, wie soll man es ertragen, dass ein (leidenschaftlich) Geliebter außerhalb der Gegenwart sich auch nur im Geringstem rührt? Dass er *weiß* sich zu bewegen; fortzuwachsen in seiner wilden Präsenz...]. Vatern ertrinkt im Rock [Sein Kopf liegt in einem Sack von Häuten mit hundert Flittern verschnürt]. Großmuttern und Großvatern vernarben sich zu einem Keil und sickern gewaltsam in den Kai. Muttern gewinnt den

Schirm, spannt ihn und ihren roten Leib. Sie bricht eilig zwei Lamellen. Behüte dich, du schläfst. Gegen Abend füllt sich der Mund von Muttern mit Blut, arbeitet.

(Schwimmer)

Blasses Fleisch im, vom Himmel gefallenem,
Azur
Vulgär brennt die Sonne   Schürfwunden,
die wie Puppen aufglitten
Unter Gelb schmeckt alles nach Gift,
[da war das Platinenherz]
Die Schräge hat Silber am Kurtisanenrock
Hand   Dies ist nasses Wasser
[das Vaterherz, Fleischherz]
Eine Maschine mit kreischendem Oval an eine
Linde genagelt
Da sind Körper :
einige mit Fett umhangen,   [dort, [dort
man kann den Finger einige Zentimeter in das
Fleisch pressen
Da sind Körper :   [dort
einige muskulös, adonisch ausgehöhlt,
sie stellen sich mit schwarzem Insekt aus
[*dort der -*
Schwimmer!]

[endlich, endlich, endlich]
All diese verschwommene weiße Masse,

wird in einen türkisen Tiegel geworfen
Oh "Wolkenherz"   !
"Der Lamienbusen"   !
"Attrappisches Schneeherz"   !

Da steigt das dunkelblaue All an die Oberfläche
Unendliche Schwärzen, Sterne in den Haaren

(Niemandes Deodorant)

Die Leitströme ziehen durch die Quadrillen
Die Augenwanne weint den Abend auf,
der Abend wirft einen Mund auf das Brett,
trinkt im Spiegel
trinkt in Zeit
Lachssuppe gerät in das Gemenge und
in das Tanzglück und den irreversibel ge-
alterten Perücken.

　　　　das Weinohr steht ein Pfand und
träufelt
Luxus auf die Portraitschatten und Sprache.
und Lazarus' Bauch
Es ist nie
jemand ausgewandert, den die Zeit befahl, es
wäre nie
zum Sein ausreichend Pfand für die Müdigkeit
gegeben
Januarpuppen, Septemberpuppen, ein Liebes-
rad in der Achsel
Fand Azrael Serifen ziehend, kreisend im
Bach

Im Bauch strecken sich Granatäpfelkerne wie
alt-griechische
Bauern
mit ihr(ig)em

Mesene kreist müde
müde taumelt Palladium, das Wort, im Fens-
terpfuhl
ein unangenehmes, ein kathartisches Insekt
gurgelt sich durch den Hals

Mesene gurgelt ein schwitzendes Kalium,
spuckt ein angenehmes Alkali in den Bauch
Ich lasse den Bauch in die Quadrille schaukeln
schaukele Gefahr, schaukele Minarett
schaukele Gefahr, schaukele lasziv
schaukele Gefahr, schaukele babylonische
Wallfahrt
Mesene schaukelt eine gierige Lunge in das
Equilibrium
Azrael stellt den Bach auf seinen Arm oder
stellt seinen Arm auf
trinkt im Speer
trinkt im Jété
niemandes Deodorant stellt sich in kleinen,
gefräßigen,
blechernen Atollen Lebemann ein

(Degeneration)

Jahrhunderte sind wir entfernt von unserem innigsten Begehren.
Es gibt keine Scherze mehr, geboren auf der Lippe eines historischen Rebellen, die gegen sie wirken. Die Häupter schwellen ihnen an, die sie dem babylonischen Agenten ihre Köpfe nicht neigen; die sie nicht ihre Schädel erbieten, sie zu trinken. Der schwelgende Konflux von Oreíno, die zeitweiligen Lesbierinnen in den nähfädenen Schatten der sechseckigen Säulen von Ägypten. Einige Jahrhundert übertrafen wir unsere Vorgeburten mit unserem Sinn für Humor; ein Vorsprung, der nichts weiter als erkauft war.
Aber ich bin es, der diese Jahrhunderte entfernt bin von dem, das ich begehre.

Das Wasser hebt sich, schwarz in der Luft und in Dompteursicheln geschlagen, durch den beißenden Intellekt der Naturgesetze. Sie machen mich satt mit weißem Leder. Sie machen mich fett, verändern mich, vergrößern, was sie von mir in ihre Gesichter bekommen. Ihre steinernen Löwenköpfe blasen mich aus ihren leblosen, niemals nährbaren, unfruchtbaren Lippen. Sie gaffen meinen Körper an, den ich just aus dem Odem ältester Zeiten erhob. Eine kleine Hure mit prallem Bauch streichelt ihr Gesicht. Das Gefühl meiner Betroffenheit war geadelter als es die landsläufige Paranoia war; Geheimwissen.

Ein Voodoo-Albtraum.

Diese kleine Hure erschien mir, als könnte ich mit ihr Witze über einen Kaiser aushecken oder schmutzige Formeln, im Vornherein, an ihren Grabstein schreiben, der dann tatsächlich in jener Form, wie ich ihn hinterließ, aufgestellt werden würde, wenn sie schließlich, zu weit in der Zukunft, als dass ich es erleben könnte, einer, den meisten, viel zu bedeutenden Krankheit erliegt.

Es wäre doch wunderschön, wenn sie dem Leben erliegen würde. Es wäre so schrecklich, dass es nicht wieder gut zu machen wäre; gar nicht.

Ich sehe unter ihr entlang und sehe das Fleisch ihrer Scheide sowie Schattierungen des schlecht rasierten Venushügels. Ich hatte das tiefe Bedürfnis ihr meinen silbernen Kugelschreiber hineinzustecken, stattdessen rieb sie sich an meinem Schaft entlang. Das Etui war in meiner Hosentasche, die Hose allerdings lag auf dem Schoß eines ernsthaften Mannes, der mit gelockerten Schal, in einem Mantel aber, so geschlossen, dass er sein Fleisch abzuschnüren schien, am Eingang des Zimmers in einem magmaroten Sessel lehnte. Er erschien mir in diesem Augenblick, als sei er ein toter Gott. Es war eindeutig, dass er herzlos war, aber er war nicht schlecht; er erinnerte sich an alles, was er jemals getan hat.

Es huscht einer vorbei; er spielt mit einer Fahrradklingel in seiner Jackentasche. Er sieht auf die Straße, dann auf den Gott zurück. Er war wie ich. Schon Tag, fragte er sich. Ich sagte, ist es schon Tag, woraufhin der Leib der Prostituierten an die Decke zu fallen schien. Sie wollte sich nur hochheben - ich zog sie eng auf mich herab. Ich presste unser Fleisch eng ineinander und richtete nur winzige, schmale Stöße in sie. Der Gott und die huschende Figur trafen am Fenster aufeinander und verließen, sobald die Sonnenstrahlen unleugnungsfähig wurden, das Zimmer. Muzac-Klänge begannen meinen Kopf zu beherrschen. Ich war eine sinnlose Maschine.

Sie war voller Parfüm. Ein steinernes Rad.

Ein steinerner Ventilator. Das Zeugnis meiner Fruchtbarkeit spiegelte sich in den Augen, die in ihrem königlichen Gesicht waren.

Die Haut des Imperators entlüftet die Stadt; eine flatternde Haut. Eine steinerne Sonne. Im Wind des Sommers, der die Männer vor der Tür streichelt, war Kairo.

(Physalie)

Als ich an jenem Morgen erwachte, war ich, unüblich für mein Wesen, erfüllt vom Hass; zumindest ist es so, dass ich jenem Gefühl diesen Namen gab, *Hass*. Direkt im Eingangs-flur meines Appartements präsentiert sich ein alter Furnier-Schrank mit einem vulkanisierten Gedächtnis auf der Stirn. Als ich aber wach wurde, als der erstliche Strom am Morgen schlang wie ein Strauß, an einigen verliebten Gestern und Zahlreicheren, die vielmehr nur aufgelesen waren, hing das Gedächtnis auf-recht in der Luft.

Mir war stetig klar gewesen, dass ich zu einem Male sehr lange werde hassen müssen; zu meinem Bett stand eine Schale mit Physalis-Früchten, die, wie mein Hass, nicht eilig verderben sollten. Es beruhigte mich und er-zürnte mich gleichsam. Ich drehte mich, presste tief die Stirnen meiner Zähne gegen die Matratze und atmete faulen Schlaf; Fingernä-gel aus letztem, hellem Wein.

In mehreren Stunden, in denen man mit einer inneren Entstellung warm und anämisch in der

Stätte verweilt, aus der das Essensziel des Schlafes entweicht, haucht sich der Verlust einem als eine befremdliche Würde in den Bauch. Mehr und mehr neigen die Räume, gleich Persönlichkeiten, Rechenschaft vorzulegen. So tief du jetzt aber verdorben bist, nimmst du sie wie auch vieles andere vorbehaltlos in dich auf, wo sie unzulänglicher kaum zu werden vermögen. Alles andere hingegen weitreichender - es beginnt zu komponieren; die einfachsten Eigenschaften und Besitzzustände des Häuslichen sind an der gemeinsamen Errichtung eines geringe Wunders beteiligt. Das Gesicht zieht aus dem Mund aus; Hände werden zu Pflanzen aus Stein.

Unter all jenem Geschehen, welches alles sich selbst aufführen lässt, beginnt Petarje seinen Morgen und kehrt die Insekten zueinander, die über Nacht in seiner Kammer verstorben waren. Wenn er beginnt zufriedener zu werden, schaut er in die Spardosen mit prominenten Drucken und Darstellungen. Laut spricht er aus, wie viele Scherben es sind, sieben Stück sind eine Scherbe.

Bei der zehnten Scherbe erwacht in der Wohnung daneben Luka und diese steht morgens zuerst mit den Zähnen auf, dann erst gehen die Lippen mit dem Zahnfleisch ins Bad und die feinen Härchen im Gesicht ruhen über der Küche, wo unter einem dunklerem Lied die Eier zu sinistren Frühstücken bereitet werden. Lukas Brüste sind wie Quarktaschen geordnet, ihr Bauch ist spröde, aber nicht zu sachlich; die letzte Willenskraft liegt noch darin und Velours, ihr Abgott. Die feinen Härchen liegen jeden Morgen bei den Spinnen; im Bad sitzt nachtsüber der Messias und friert, haucht ein anschwellendes Nichts aus, sieht bei der Gesichtswäsche und dem Epilieren *genau* zu; die Zähne legen sich bis zur Früh in den Himmel - mit vereinzelten Wolkenstücken (das Ballett), einer gewaltsamen Kontur aus Schwarz (der Tod) und abseits der Wolkendecke das Licht (das Führen beim Tanzen).

Erst mittags schließlich steht Borv auf, der weckt seinen Sohn, weil er zur Arbeit muss. Borv legt sich dann hin und entleert sich; zu diesem Zeitpunkt ist er Arbeit. Den ganzen Tag Ravel; der Diskus schneidet jedes Mal in einen seiner Finger und baut neue Gliederungen. Gelegentlich starrt Borv in die reflektierende Unterfläche und findet darin seine Augen, worin sich ein Knoten Haut spiegelt, der sonst von ihm an die Hand des Sohnes gesehen wird.

Bei Luka geht der Mund in die Stadt, das Gesicht brennt eine Suppe und matte Heringe auf, liest Zeitschriften, sieht gleichzeitig fern. Petarje steigt mittags in die Straßenbahn und fährt aus meinem Hass sowie aus dem der Insektenkörper. Am Abend legt sich zuerst Borv ins Bett, nachdem er kurz aufgestanden und zum Sohn gegangen war um ihn heimzubringen; der Sohn rutscht in das Bett wie ein Messer. Borv wird dann fest; er tauscht den Darm der Arbeit gegen seinen eigenen ein. Petarje kommt heim mit neuen Scherben und zählt die Münzen, rundet sie ab auf Scherben. Lange schmecke ich den unseligen Hass und die Physalis-Früchte und das trockene Blatt. Vier Blätter sind nun eine Scherbe. Eine Scherbe nach Petarje trägt Luka ihren Mund heim und lässt ihn sich in ihr Gesicht graben. Luka faltet den Mund nach einer halben Scherbe in Baumwolle hinein, sie angelt die Zähne aus ihrem Gesicht und aus der Speiseröhre. Die Musik des Fernsehkastens schwenkt aus dem Abend, es ist Nacht. Ich schließe das Lid, aber ich schlafe nicht, weil Schlaf vielleicht nicht hasst.

Petarje stand auf, Borv stand auf und weckte den Sohn, der Mund steht über dem Bett. Drei Scherben vergehen, dann ruft Konrad an und erfragt, ob er kommen dürfte und ob er Wein trinken würde. Ich sage ihn, dass ich hasse, unergründlich, dass vielleicht ein geringes Risiko besteht und dass er Biere trinken wird. Drei Scherben bis zu Lukas Gesicht, vier Scherben bis zu Konrad, der, womöglich, Petarje vor der Straßenbahn trifft und seine Position mit seiner wechselt. Die Insekten könnten ihm gehören - wenn er das wollte, versteht sich.

Er lässt das Schloss aufgleiten wie eine Libelle; seine Füße sind warm vor Blut und heben sich flach, so dass der Ballen mit der Sprache der Vulkanisierung spricht. Aus dem Versehen heraus mischt sich die Geschichte des Handwerks flach in meinen Hass. Er füllt die Kalebassen mit Fitzgerald. Wärme klettert in die Luft; Konrad verliert ein müdes Haar, es diniert über dem Boden. Eine tiefe Seele entsteht in der bodennahen, aufgebissenen Statik, während Konrad das wenige Bier trinkt, erfüllt von einer unvermittelten Musikalität. In meinem Sichtfeld presse ich die Finger auf einen schändlich verarbeiteten Knochenstuhl damit ich ihn in meinen Fingerrinnen fühle; Konrad hockt sich daneben auf den Boden und erzählt mir bis in den Abend; weil er weiß, dass ich hasse, spricht er milde mit dem Vokabular der Geringschätzung und niedriger Verachtung. Ich besitze große Dankbarkeit, die aus dem Hass herauslangt; nichts, was er sagt, entgeht mir und beschäftigt meine Entschlossenheit, die sonst, sagen wir, so eine Sache ist, denn schließlich ist es unumstößlich, dass ich mir niemals von jemanden etwas habe befehlen lassen, und dass ich nie auch nur einen vermeintlichen Ratschlag befolgt habe, nein, ich höre nicht einmal auf mich selbst. Sicherlich ist es auch ein wenig richtig, dass mir nur vom Handeln oder Auslassen wider besseren Wissens befohlen wird, die Ermahnungen der Menschen aber allmählich leichter und nachgiebiger in ihrer Melodie werden, bis sie schließlich so schön sind, dass sie in den Himmel aufsteigen und ihre Stringenz als das Fleisch eines unterbrochenen Glaubens auf die Erde hinabregnet.

Köstlicher, herzerfüllter Hass; ich esse eine ganze Scherbe mit rotem Falter; meine Zähne werden warm und sie werden ungefügig. Konrad lacht, er kippt Fitzgerald aus den Kalebassen, aus dem Fenster. Petarje wankt aus der Straßenbahn; unter seinen Fingernägeln klebt roter Kot; die Straßenbahn reißt den Bäumen auf der Allee jeweils einen Ast ab und verscharrt die Arbeit. Wie umsichtig er, Konrad, war, all diese Jahre es mir vorzuenthalten! Borv liegt unter seinem Bett, der Sohn steht vor dem Bett, er entleert sich, ballt die Hände zu Fäusten. Sie klingen wie ein Flügel. Borv öffnet den Mund und reibt seine Zunge mit dem Gaumen, wie eine Geige. Sie spielen nicht Ravel. Borv wartet, sein Sohn kniet sich neben das Bett. G-Dur, Vater. Borv hat eine Hand, die frisst den Mund vom Sohn. Konrad schreitet aus dem Haus, er hinterlässt Luka auf einem Skelettstuhl. Sie steht gleichsam in der Spüle und erfreut sich am Führen beim Tanzen. Ihre Haut ist ein Kleid, ihre feinen Knochen der Körper. Still sitzt sie in der Nacht - das ist genau richtig. Luka, ich hasse. Ich liege da, wie üblich, und ich esse alle Scherben, ich habe keine Gedanken. Keine Frucht ist verdorben gewesen; im frühen Morgen öffne ich den Mund und lasse ihn aushüllen mit goldenem Brei und einem roten Falter.

Luka liegt in ihrem Bett, sie wacht vor ihren Zähnen auf, zerbeißt ohne Zähne das Mottenblatt.

Und doch wachsen Blüten des Einfallsreichtums um mich!

Lange bleiben wir in unseren Betten liegen.

Gegen Mittag stehe ich auf, möglicherweise hasse ich nicht mehr regelrecht, aber noch werde ich auch nicht verzeihen. Ich gehe an das Fenster; die Straßenbahn weicht jung vom Gleis wie neu gebaut. Die Straßenbahn ist stumm, ich höre nicht viel, nur Petarjes Harke. Er lacht, er sagt sie haben ihm die Beine gebrochen und ihm Obstwein eingeschenkt, dann deutet er auf die Schienen, wo in großen, verschwimmenden Mengen die toten Insekten. Das Licht der Mittagssonne ist samtig und als die Straßenbahn ganz aus dem Gedanken gewichen ist, spürt man sie förmlich zerfallen, zerfallen in ihre schrecklichen, löslichen Segmente.

Verzeichnis der Erzählungen

01. St. Perdra (2003)
02. Der Partisan (2007)
03. Der Falkner (2007)
04. Nachtlaterne (2003)
05. Das Monstrum (2007)
06. Preiselbeeren (2004)
07. Der Satyr (2005)
08. Die Knochen brechenden Wälder (2008)
09. Pêche Melba (2007)
10. Kompanie (2006)
11. Zolldorf (2006)
12. Trockendock (2006)
13. Die Ebene (2007)
14. Himmelslob (2006)
15. Feiertagsapokryphe (2007)
16. Libellen (2007)
17. Der Säulenbauer (2007)
18. Die Sonnenfurche (2007)
19. Murmillo (2007)
20. Kalai's Brief (2006)

21.   Harmonie (2008)
22.   Catoblepas (2007)
23.   Bossa Nova (2007)
24.   Der spanische Pool (2006)
25.   Exil (2008)
26.   Alchemie (2008)
27.   Chevalier (2003)
28.   Peskvit (2003)
29.   Das Unterholz (2004)
30.   Judith (2008)
31.   Eidechse (2005)
32.   Erde (2006)
33.   Delft (2006)
34.   Schwimmer (2005)
35.   Niemandes Deodorant (2006)
36.   Degeneration (2008)
37.   Physalie (2007)

Ich danke allen, die durch ihre Liebe, Freundschaft, Mithilfe und schier endlose Geduld dieses Machwerk ermöglicht haben.

C.M.

(Catoblepas)

Kontakt:
SelaikaCatoblepas@web.de

Blog des Autors:
http://selaika.wordpress.com

alter Blog:
http://se-laika.blogspot.net